Delirios de felicidad

OLIVIA GATES

Editado por HARLEQUIN IBÉRICA, S.A.
Núñez de Balboa, 56
28001 Madrid

I.S.B.N.: 978-84-9010-267-1
Depósito legal: B-1512-2012
Editor responsable: Luis Pugni
Fotomecánica: M.T. Color & Diseño, S.L. Las Rozas (Madrid)
Impresión en Black print CPI (Barcelona)
Fecha impresion para Argentina: 10.9.12
Distribuidor exclusivo para España: LOGISTA
Distribuidor para México: CODIPLYRSA
Distribuidores para Argentina: interior, BERTRAN, S.A.C. Vélez
Sársfield, 1950. Cap. Fed./ Buenos Aires y Gran Buenos Aires,
VACCARO SÁNCHEZ y Cía, S.A.
Distribuidor para Chile: DISTRIBUIDORA ALFA, S.A.

Capítulo Uno

Harres Aal Shalaan se ajustó el rebozo, dejando sólo una pequeña abertura para los ojos. No necesitaba más que eso para vigilar a su objetivo.

El viento de la medianoche lo sacudía con arena mientras él permanecía inmóvil en lo alto de la duna, con el desierto infinito resonando en sus oídos.

No podía dejar que el estado inmóvil de la escena que estaba observando lo confundiera. La situación podía cambiar en cualquier momento. Y, si se descuidaba, podía ser demasiado tarde para intervenir.

Por el momento, todo seguía igual. Los dos centinelas que guardaban la entrada principal estaban acurrucados junto a un contenedor con una hoguera, las llamas luchando por sobrevivir bajo el viento del desierto. Había tres parejas más de centinelas en un viejo puesto de guardia, que tenía encendida dentro una lámpara de gas.

El clan rival de Aal Shalaan había construido aquella cabaña en medio de ninguna parte. Las áreas habitadas más cercanas estaban a más de quinientos kilómetros de distancia. Era el lugar perfecto para esconder a un rehén.

El rehén que Harres había ido a rescatar.

Él había encontrado aquel lugar porque había deducido la identidad de los que habían contratado a los centinelas. Como había descubierto su plan con la suficiente antelación, había podido observar y seguir sus movimientos. Había interceptado sus señales telefónicas, antes de que se hubieran desvanecido doscientos kilómetros antes. Luego, había echado mano de toda la tecnología que tenía y había encontrado la cabaña gracias a un avanzado sistema de localización por satélite.

Hacía falta tener una formación selecta y equipos especializados a su disposición para haber llegado hasta allí sin ser descubierto. Y, además de todos los recursos a su alcance, Harres había sabido atar cabos a tiempo.

En ese momento, sin embargo, el tiempo se estaba acabando. Por lo que sabía de los planes del enemigo, le quedaban menos de veinte minutos para realizar su misión. Si no, los cabecillas del secuestro llegarían para interrogar al rehén, acompañados de un ejército de guardias.

En cualquier otra circunstancia, Harres habría acudido allí con su propio ejército. La mera aparición de sus Hombres de Negro habría bastado para que los enemigos se rindieran.

Lo malo era que ya no sabía en quién podía confiar. Su único equipo esa noche estaba formado por tres de sus hombres de alto rango, a los que sabía que podía confiar su vida. No sólo trabajaban para él, sino que eran parte de su familia, soldados de sangre azul que, como él, estaban dispuestos a dar la vida por su reino. Aparte de ellos, no podía permitirse el lujo de contar con nadie más. Había demasiadas cosas en juego, un país entero podía acabar sumido en el caos. Por eso, tenía que tratar a todo el mundo como sospechoso.

¿Cómo no hacerlo, cuando el mismo palacio real había sido saqueado? Como ministro del Interior y jefe del servicio de inteligencia, no podía arriesgarse a alejar sus tropas de la casa real, dejándola a merced de sus enemigos.

Harres cerró los ojos. Apenas podía creerlo.

Durante meses, había estado forjándose una conspiración para derrocar a su padre, el rey, y al clan Aal Shaalan, regente desde hacía generaciones del reino de Zohayd. Las valiosas joyas Orgullo de Zohayd, que el pueblo creía que daban a la casa real el derecho a gobernar, habían sido robadas. Para el Día de la Exhibición, en el que se sacaban las joyas en un desfile real, para que el pueblo las viera, habían sido reemplazadas por otras falsas. Sin duda, el plan del ladrón era hacer público que eran falsas y, así, provocar un caos que acabaría con la caída del clan Aal Shaalan del poder.

Durante las últimas semanas, Harres había estado buscándolas por toda la región, sirviéndose de la información que su hermano Shaheen y su novia, Johara, le habían facilitado. Esa misma mañana, había encontrado una pista que podía conducirle al cerebro de la conspiración.

Un hombre que decía ser periodista americano parecía poseer toda la información relevante de la trama.

En veinte minutos, Harres se había presentado en

el apartamento alquilado del periodista. Pero sus enemigos se le habían adelantado. El hombre en cuestión había sido secuestrado.

Harres no había parado un momento desde entonces. Había seguido las huellas de los raptores hasta aquel lugar desolado en medio de ninguna parte. No dudaba lo que harían con el periodista una vez que le hubieran sacado la información: abandonarlo a una muerte segura.

Ésa era razón suficiente para que Harres estuviera allí. No dejaría que nadie fuera asesinado en el reino de Zohaydan, si podía evitarlo. Ni siquiera si se trataba de alguien que quería derrocar a su padre.

T. J. Burke era el nombre del supuesto americano. Pero su identidad era un enigma. No aparecía en sus bases de datos sobre periodistas, donde recogía la información del arma más poderosa del mundo: los medios de comunicación.

Sin embargo, por primera vez, a Harres le había resultado imposible trazar los antecedentes de alguien. Al parecer, Burke había comenzado a existir sólo desde el momento en que había aterrizado en su país hacía una semana.

Harres había encontrado una única referencia a un T. J. Burke en la zona, un especialista en tecnologías de la información que había trabajado para una multinacional en Azmahar. Pero ese Burke se había ido a Estados Unidos hacía un año. Pocos meses después, había sido condenado por un delito de fraude y estaba cumpliendo una sentencia de cinco años en una cárcel de máxima seguridad.

El T. J. Burke actual no tenía nada que ver con el anterior. Era probable que le hubiera copiado el nombre o que lo hubiera inventado de forma aleatoria.

Por eso, Harres estaba seguro de que debía de ser un espía. Y muy bueno, ya que había sido capaz de ocultar su origen y su identidad a sus redes de inteligencia.

De todos modos, estaba dispuesto a salvar a ese tipo de una muerte segura, aunque se tratara del mismo diablo. A continuación, le sacaría la información que tuviera. Si era posible, le pagaría lo que pidiera a cambio de lo que sabía. Y se aseguraría de convencerlo para que no volviera a vender la información.

Los centinelas seguían delante del fuego. Harres le hizo una seña a Munsoor, uno de sus hombres de confianza. Munsoor, a su vez, le pasó la orden a Yazeed, que estaba en el lado sur de la cabaña, y a Mohab, a su izquierda.

De forma simultánea, lanzaron dardos somníferos a los centinelas.

Harres se puso en pie de un salto, saltó sobre los guardias y se acercó con sus hombres a la entrada de la cabaña. Se miraron un instante, preparados todos para hacerle frente al imprevisto que fuera. Él se encargaría de ir directo a por su objetivo.

Harres empujó la puerta, que se abrió con un chirrido, rasgando el silencio.

Recorrió el oscuro interior con la mirada. Burke no estaba allí. Había otra habitación. Debía de estar en ella.

Despacio, abrió la otra puerta.

Se dio de bruces con un hombre de pequeña estatura con barba y una chaqueta de lana.

Sus miradas se encontraron.

Incluso en la penumbra, a Harres le impresionó la mirada de aquel hombre, que parecía cargada de electricidad. Además, todo su cuerpo parecía relucir en la oscuridad, tanto por el color bronceado de su piel como por el pelo dorado que rodeaba su rostro.

Una fracción de segundo después, Harres apartó la vista y se fijó en la habitación. Era un baño. Burke había estado intentando escapar. Ya había conseguido abrir una ventana que estaba a dos metros de altura, incluso con las manos atadas delante de él. Sin duda, sus captores no lo habían atado así y había sido Burke quien había conseguido moverlas hasta allí desde la espalda. Un minuto más y habría escapado.

Estaba claro que no sabía que no había ningún sitio al que ir. Debían de haberlo llevado hasta allí con los ojos vendados. Pero, por su mirada, Harres adivinó que el recluso había intentado escapar de todos modos. Parecía la clase de persona que preferiría morir de un tiro en la espalda cuando escapaba que suplicando por su vida.

Estaría muerto si él no lo sacaba de allí de inmediato.

Harres no tenía duda de que sus captores preferirían matar al espía y perder información antes que dejar que cayera en manos del clan Aal Shalaan.

Así que se puso en acción. Agarró a Burke del brazo. Al instante siguiente, sintió un golpe tremendo en los dientes y en la cuenca del ojo.

Burke lo había golpeado.

Medio ciego, Harres bajó la cabeza y se esforzó en evitar los golpes que el hombre intentaba propinarle. Lo abrazó con fuerza, inmovilizándolo.

El hombre se retorció con ferocidad.

–Deja de resistirte, idiota –susurró Harres–. He venido a salvarte.

Al hombre debió de costarle descifrar el susurro a través de su embozo. O no lo creyó, porque le dio una patada en la espinilla. Harres lo apretó con más fuerza, sorprendido por su excelente agilidad y velocidad. Se apartó el embozo de la boca, arrinconó a Burke contra la pared de piedra, poniéndole un brazo en el cuello para inmovilizarlo, y lo miró a los ojos.

–No me obligues a golpearte y llevarte a cuestas como si fueras un saco de ropa sucia. No tengo tiempo para tus paranoias. Ahora, haz lo que te digo, si quieres salir vivo de aquí.

Harres no esperó a que el hombre respondiera, aunque le pareció ver que la feroz hostilidad de sus ojos se suavizaba. Lo llevó a la puerta, para salir por donde había entrado.

Un intercambio de disparos en la oscuridad los detuvo.

Debían de haber llegado refuerzos, pensó Harres con el corazón acelerado. Quiso ayudar a sus hombres en la lucha, pero no podía. Habían quedado en que él se limitaría a proteger a Burke. Así que se giró hacia él, dispuesto a utilizar la vía de escape que había preparado. Se sacó una daga del cinturón y cortó las ataduras del cautivo. Luego se agachó, para ayudarlo a subir por la ventana. Entonces, el hombre volvió a hacer algo inesperado. Saltó del poyete de la ventana como si fuera un gato y se catapultó al vacío. En un segundo, llegó al suelo al otro lado del muro y aterrizó rodando.

¿Sería un acróbata?, se preguntó Harres. Se movía como uno de sus Hombres de Negro…

En cualquier caso, era mucho más de lo que Harres había pensado. Sólo esperaba que Burke no utilizara sus habilidades para escapar, también de él, pues iba a necesitar para alcanzarlo un poco más de los tres segundos que el otro había empleado.

Unos diez segundos después, Harres saltó de la ventana. Mientras caía, vio la silueta que lo estaba esperando abajo. Burke era lo bastante listo como para saber que no podría salir solo del desierto.

Harres aterrizó con agilidad y comenzó a correr hacia el hombre.

–Sígueme.

Sin decir palabra, el hombre obedeció.

Corrieron a través de las dunas, guiados sólo por la brújula de Harres. No podían usar linterna en su camino hasta el coche, pues eso los delataría a sus enemigos.

Harres rezó porque sus hombres estuvieran a salvo, aunque no lo sabría seguro hasta que llegaran al helicóptero y entraran en la zona de cobertura, donde pudiera comunicarse con ellos.

Por el momento, sólo debía pensar en poner a Burke a salvo.

Diez minutos después, se sintió lo bastante seguro

como para girarse y posar la atención en su acompañante. Burke le seguía el paso sin dificultad. No sólo era buen luchador y ágil, sino que estaba en buena forma. Ni siquiera jadeaba. Mucho mejor. Así no tendría que llevarlo en brazos hasta el coche.

Entonces, sucedió algo inexplicable cuando el sonido de la respiración de su acompañante envolvió a Harres, incluso bajo el viento del desierto. Experimentó una sensación extraña, desde el pecho hasta… más abajo.

Harres apretó los dientes mientras llegaban a la moto de cuatro ruedas todoterreno.

—Sube detrás de mí.

Sin perder un instante, Burke se deslizó detrás de él en el asiento, apretándose contra su espalda como si fuera lo más normal del mundo.

Harres se estremeció al sentirlo y encendió el motor. En cuestión de segundos, estaban surcando la arena a toda velocidad.

Condujo en silencio, atravesando dunas y salpicando arena. Con cada empellón, Burke lo apretaba de la cintura con más fuerza, sosteniéndose a él también con las piernas, fundiéndose con su espalda hasta que casi parecían una sola persona.

La respiración de Harres comenzó a acelerarse cuando empezó a sentir el calor de su acompañante, penetrándole hasta lo más íntimo de su ser.

Debía de ser por la adrenalina, se dijo Harres.

¿Qué otra cosa podía ser?

Minutos después, llegaron a su helicóptero y Harres se alegró sobremanera. No sólo significaba que podrían escapar, sino que podría quitarse de encima a aquel hombre.

Detuvo la moto con un frenazo delante de la puerta del piloto del helicóptero. Se quitó las manos de Burke de la cintura y se bajó de la moto con un solo movimiento. El otro hombre saltó a su lado y se quedó esperando instrucciones.

Con los ojos más acostumbrados a la oscuridad, Harres contempló su pelo dorado y enredado por el viento y sus ojos iridiscentes. Burke parecía un elfo, etéreo, bello…

¿Bello?

–Sube al asiento del pasajero y ponte el cinturón –ordenó Harres con más rudeza de la necesaria, molesto por sus alocados pensamientos.

Hubo un sonido ensordecedor, como de un trueno.

Un disparo.

El hombre lo miró con gesto conmocionado.

Luego, Harres sintió el dolor. Había sido alcanzado en algún lugar cercano al corazón.

Alguien había conseguido traspasar la defensa de sus hombres. Y él podía morir por ello.

Al momento, Harres se puso en acción. Debían ponerse a cubierto.

Burke no era ningún cobarde y comenzó a correr con él al helicóptero, mientras los disparos sonaban a su alrededor. Segundos después, estaban sentados y él hizo despegar el inmenso aparato. Lo hizo subir a toda la velocidad y altura posibles. En pocos minutos, estuvieron fuera del alcance de las balas.

Entonces, fue cuando Harres se miró el cuerpo, tratando de valorar el daño sufrido. Le ardía debajo del brazo izquierdo. Una herida y, tal vez, algún hueso afectado. Pero no era grave. No había sido alcanzada ninguna arteria.

Al descartar que pudiera desangrarse, sin embargo, Harres comenzó a preocuparse por otra cosa. El helicóptero perdía combustible. Las balas habían dado en el tanque. No podrían llegar así a la capital. Ni a ninguna zona habitada donde pudiera contactar con su gente.

Tenía que cambiar el rumbo y dirigirse al oasis más cercano, a unos cincuenta kilómetros de distancia. Allí, al menos, podría conseguir caballos para seguir su camino. Aunque una tormenta de arena que se avecinaba los detendría durante un par de semanas y sus primos y hermanos, los únicos que estaban al tanto de su misión, pensarían que había muerto. Pero no podía hacer otra cosa, se dijo.

Su nuevo plan era aterrizar en el oasis, curarse las heridas y establecer contacto con su gente. Misión cumplida.

Al minuto siguiente, Harres se sobresaltó de nuevo.

La pérdida de combustible no era el único problema. De hecho, eso no era nada comparado con el daño que había sufrido el sistema de navegación. El helicóptero estaba perdiendo altura a gran velocidad. Y no conseguía enderezar su rumbo.

Tenía que aterrizar en ese momento. O estrellarse.

–¿Tienes puesto el cinturón de seguridad? –preguntó Harres a Burke con urgencia.

El hombre asintió, abriendo mucho los ojos al darse cuenta de la situación.

Harres se concentró en aterrizar el aparato, poniendo en práctica todo lo que sabía.

Al final, aterrizó chocando contra el suelo.

Después de una violenta reacción en cadena de impactos, Harres tomó aliento al comprobar que habían sobrevivido.

Se apoyó en su asiento, notando cómo el entorno se difuminaba ante sus ojos.

Se ocuparía de su propia salud después de comprobar el estado de su pasajero, se dijo Harres. Se desató el cinturón y se giró hacia Burke. El hombre tenía la cabeza apoyada en el asiento, con los ojos muy abiertos con una mezcla de pánico y alivio. Sus miradas se entrecruzaron.

En ese momento, Harres no pudo ignorar lo que le sucedió.

Tuvo una erección.

Y se estremeció. ¿Qué le estaba pasando? ¿Estaría su cuerpo volviéndose loco por el estrés de la huida?

No debía dejarse distraer por aquella locura, pensó Harres, y se acercó a su acompañante para comprobar si estaba herido. El hombre se encogió ante su contacto, como si le hubiera dado un calambre.

Aquello era muy raro, se repitió Harres, obligándose a tomar aliento y a quitarse esas sensaciones de la cabeza. Agarró a Burke de los hombros para acercarlo a la luz. El hombre se retorció.

–Deja de resistirte. Quiero ver si estás herido.

–Estoy bien.

Su voz ronca y apenas audible le llegó a lo más hondo, incluso en medio del estrépito de las hélices que no habían dejado de rotar.

Y se dio cuenta de algo.

Tal vez estaba empezando a tener alucinaciones, pero su cuerpo parecía seguro de lo que sentía. Lo había notado desde el primer momento, aunque su mente no había querido reconocerlo.

Y lo que su cuerpo le decía era que, incluso en medio de aquella pesadilla, deseaba a T. J. Burke.

Y, conociéndose a sí mismo, eso sólo podía significar una cosa.

Entrelazó sus dedos entre el pelo dorado de Burke y su erección se endureció aun más cuando su acompañante dejó escapar un grito sofocado.

Harres le acarició los labios con el pulgar y sonrió con satisfacción.

–Dime, ¿por qué finges ser el periodista T. J. Burke, cuando te iría mucho mejor el papel de Mata Hari?

Capítulo Dos

T. J. Burke se retorció para zafarse del hombre que la agarraba.

—¿Es que te has golpeando en la cabeza? —protestó Burke con voz ronca y baja.

El hombre que la sujetaba la miró a los ojos, sin intención de moverse, haciendo que el espacio de la cabina pareciera reducirse de manera alarmante. La sonrisa de sus ojos dorados se tornó peligrosa. Era una clase de peligro que le llegaba a lo más hondo, no porque fuera amenazador, sino porque le provocaba una respuesta impactante.

Entonces, el coloso habló con su seductora voz de barítono.

—El único golpe que me he llevado en la cabeza esta noche ha sido por cortesía de tus capaces manos.

—Ya que te golpeé con la intención de arrancarte la cabeza, es posible que se haya estropeado algo ahí dentro. Quizá odo el cerebro.

El hombre se apretó contra ella, invadiéndola con su aroma y su virilidad.

—Oh, el cerebro me funciona muy bien. Harían falta… —comenzó a decir Harres, y la recorrió el cuerpo despacio con la mirada—. Diez como tú para afectarme la cabeza.

–Yo estuve a punto de noquearte con un solo golpe hace poco –le espetó Burke, pensando que el oxígeno de la cabina parecía estar agotándose–. Y con las manos atadas.

–Puedes ponerme de rodillas, sin duda. Pero no te hace falta golpearme para eso. El efecto que me has causado no tiene nada que ver con tu fuerza física y, menos aún, con tu pequeño tamaño.

–¿Eso es lo único que se te ocurre? ¿Meterte con mi tamaño?

–No deseo meterme contigo –repuso él, mirándola con intensidad–. Y el tamaño de tu cuerpo me parece perfecto.

Con la piel de gallina y el corazón acelerado, T. J. hizo una mueca.

–¿Seguro que no estás aturdido por el golpe? ¿Siempre hablas así con otros hombres?

–Ni siquiera hablo así con las mujeres –repuso él con una sonrisa cada vez más peligrosa–. Pero es como te hablo a ti.

–¿Así que se te ha metido en la cabeza que soy una mujer? –preguntó T. J., intentando apartarse–. Acabamos de sobrevivir un choque terrible y estamos en medio del desierto... ¿y pretendes ligar conmigo? ¿Tienes idea de lo ridículo que resulta?

–Lo que es ridículo es que creyeras que una barba peluda y ese corte de pelo podrían ocultar tu feminidad. Yo me di cuenta... desde el primer momento. ¿Por qué no dejas de actuar y me dices de una vez quién eres en realidad?

–¡Soy T. J. Burke!

–Mi bella barbuda, sólo uno de los dos tiene testosterona en las venas –señaló él con una sonrisa desarmadora–. No me hagas mostrarte… la prueba tangible.

T. J. lo miró a los ojos, intentando no amedrentarse y mostrar la misma audacia que él.

–¿La prueba tangible es… que te sientes atraído por los hombres rubios de poca estatura?

La risa del hombre la recorrió como una corriente eléctrica.

–Lo primero que tienes que aprender de mí para que podamos entendernos es que soy inmune a los insultos. Ni siquiera te golpearía por lo que has dicho si fueras un hombre. Pero mi cuerpo supo que no lo eras desde el primer momento en que te puse los ojos encima en aquel sucio agujero. Así que… ¿estás dispuesta a admitirlo por ti misma o quieres que ponga la prueba sobre la mesa?

T. J. se hundió contra el asiento, mientras el hombre levantaba la mano hacia ella.

–Ponme la mano encima y te la destrozaré de un mordisco –amenazó T. J.

–Me encantaría que me mordieras por todo el cuerpo –replico él–. Además, tu amenaza no hace más que confirmar tu feminidad. Si fueras un hombre, me habrías dicho que ibas a arrancarme la mano o a rompérmela o cualquier otra cosa de machos.

–¿Eso es lo que suelen decirte a ti los hombres? ¿Y las mujeres suelen morderte?

Él afiló la mirada.

–No sigas provocándome. La reacción de mi cuerpo es tan evidente que ni siquiera una bala puede suavizarla.

–¿Una bala? –preguntó ella con los ojos muy abiertos–. ¿Te han dado?

Él asintió.

–¿No vas a apiadarte de un hombre herido? Dime tu nombre, al menos. Y muéstrate tal como eres.

–Oh, cállate. ¿De verdad estás herido o me estás tomando el pelo?

De pronto, el hombre le agarró la mano y la apretó contra su torso. Primero, T. J. sintió la fuerza de su pecho, vibrante y lleno de vida. Luego, la viscosidad de la herida.

Antes de que ella pudiera apartar la mano alarmada, él la agarró con suavidad de la cabeza, haciendo que sus miradas se encontraran.

–¿Lo ves? Estoy sangrando. Por ti. Podría morir. ¿Vas a ser tan cruel como para dejar que eso pase sin decirme quién eres?

–Cállate –pidió ella, intentando apartarse.

–Lo haré si me cuentas la verdad –repuso él.

–No necesitas que te hable, sino que te cure la herida.

–Yo me ocuparé de eso. Tú, habla.

–No seas estúpido. Puede que la bala haya llegado a las arterias intercostales. Debemos averiguar cuál ha sido el daño. Te puede bajar la presión sanguínea de golpe, sin avisar. Y si eso pasa, ¡no habrá nada que hacer!

–Hablas como una experta. ¿Te han disparado alguna vez?

–He tratado a gente herida. Y ninguno fue tan estúpido como para rechazar mi ayuda.

–¿Crees que ésa es manera de tratar al hombre que te ha salvado? ¿Y puedes quitarte esa barba falsa de la cara?

–¡No puedo creerlo! Puede que pierdas la conciencia en cualquier momento y sigues intentando probar esa loca teoría tuya.

Él sonrió, imperturbable.

–De acuerdo. Hablaré –se rindió T. J., apretando los dientes–. Después de ocuparme de ti

–Te dejaré ocuparte de ti. Después de que hables.

–Vamos. ¿Dónde está el botiquín del helicóptero?

–Te lo diré cuando me digas lo que quiero escuchar.

–No quieres que te diga la verdad, ¿eh? Porque eso ya te lo he dicho.

El hombre dio un paso atrás cuando T. J. alargó las manos hacia su herida.

–No me toques hasta que no admitas que eres una mujer. Sólo dejo que me toquen las mujeres.

T. J. lo miró a los ojos, que brillaban con malicia.

–No quieres comprender lo grave de tu situación, ¿verdad? ¿Y que te importa que yo lo admita o no? Tú lo sabes ya. Además, no voy a limitarme a tocarte. Voy a sumergirme en tu sangre.

El hombre abrió más los ojos, contemplándola con intensidad.

–Supe que estabas hambrienta de sangre desde el momento en que me atravesaste con tu mirada matadora. Luego, intentaste pulverizarme los dientes.

Aquel hombre era terrible. En todos los sentidos. T. J. no pudo reprimir una sonrisa, a pesar de que estaba preocupada por su estado. No había manera de valorar lo grave de su situación hasta que no lo examinara.

–Y yo que creí que eras inteligente. Sin duda, las apariencias engañan.

–Habla –pidió él hombre de nuevo.

–No sé qué quieres que te diga. Según aseguras, desde el primer momento, no te cupo duda de mi feminidad.

–Ay. Si perezco, será culpa tuya.

–Dame un respiro –protestó ella, exhaló y se arrancó la barba que llevaba pegada. Se frotó la cara dolorida después de habérsela quitado casi por completo; una parte le quedó colgando del rostro–. Ya está. ¿Estás contento, asno tozudo?

–Qué cosas tan bonitas me dices.

Con cuidado, él le retiró el resto de la barba. Luego, le dio un masaje en la mandíbula y las mejillas, calmándole el dolor con sus fuertes dedos. Ella gimió sin poder evitarlo, sintiendo su cuerpo recorrido por un fuego abrasador.

–*Ya Ullah, ma ajmalek* –susurró él–. Qué hermosa eres. Pensé que había visto toda clase de bellezas, pero nunca había posado los ojos en nadie como tú. Pareces hecha de oro y piedras preciosas.

T. J. sintió todavía más calor ante sus palabras. La primera vez que lo había visto, se había quedado petrificada de miedo. Pero, cuando lo había mirado a los ojos en aquel baño asqueroso, todas sus células habían respondido a él con excitación. Luego, la solicitud y la atención de su rescatador habían terminado de derretir el hielo de su corazón.

Aún no podía creerse que él hubiera sido capaz de descubrir su disfraz. Nadie la había descubierto desde que había llegado a Zohayd. Sus raptores no se habían enterado, y eso que había estado todo el día con ellos. Pero él había detectado su feminidad desde el principio, a pesar de la oscuridad de la noche y la situación de emergencia.

A pesar de su disfraz, de todas las ropas que ella llevaba, incluido el corsé que apretaba sus senos, él lo había averiguado. Y, del mismo modo que su rescatador había sentido su vibración, ella se había sumergido en la de él. Había percibido su olor, la fuerza de su cuerpo formidable y la sensualidad de su masculina voz en medio del caos de la huida y el viento del desierto.

Y, a pesar de haber reaccionado a su fuerza igual que había hecho a la de sus captores, con miedo, asco y desesperación, la de su rescatador le resultaba emocionante y apaciguadora al mismo tiempo.

Lo cierto era que ningún hombre le había resultado nunca tan… excitante.

Por eso, tal vez, era ella quien se había golpeado en la cabeza, pensó T. J. Algo debía de andar mal, pues lo único que deseaba en ese momento era abrazarse a él y no dejarlo marchar.

Como si hubiera leído sus pensamientos, el hombre se apretó contra ella, apoyó la cara en su cuello y la acarició con su aliento.

—Incluso con la colonia de hombre que llevas y los días que llevas encerrada, hueles a gloria. Y todavía no me has dicho tu nombre, *jameelati*.

Ella apartó la mirada de sus ojos hipnóticos.

—¿Crees que si sigues preguntándomelo te daré una respuesta diferente?

Él la miró a los ojos y asintió, como si hubiera tomado una decisión.

—Te llamas T. J. ¿Qué significan tus iniciales?

—¿Me crees? —preguntó ella, parpadeando.

—Sí. Mi intuición contigo no se ha equivocado hasta ahora. Creo que estás diciendo la verdad. Incluso es posible que no hayas desarrollado la capacidad de mentir.

—Lo dices como si fuera una delatora incontinente. No les he dicho a mis captores nada.

—No decir nada no es mentir. Si mantienes la boca cerrada cuando alguien te amenaza con hacerte daño, eso demuestra que eres valiente. Y yo no he dudado de tu coraje en ningún momento. Bueno, una vez aclarado eso… ¿Cómo te llamas?

T. J. respiró hondo.

—Talia Jasmine. ¿Satisfecho? Ahora dime dónde está el maldito botiquín.

Ella lo oyó inspirar y sintió su aliento en el rostro. Aquellos ojos llenos de profundidad la hicieron temblar. De todo, menos de frío.

Sin decir palabra, él levantó la mano y sacó un gran botiquín.

Ella lo agarró y revisó con alivio su contenido. Había allí todo lo que podía necesitar.

Sacó una bolsa de suero, la colgó encima de la cabeza de él, le tomó el brazo derecho, le introdujo la aguja, se la sujetó con un poco de esparadrapo y preparó la solución salina para que fuera restableciendo los fluidos en el cuerpo del herido.

Él le acercó algo a los labios. Una botella de agua. Entonces, T. J. se dio cuenta de que llevaba mucho tiempo sin beber y apuró la botella de un trago, bajo la atenta mirada de él.

Ella se lamió los labios y se aclaró la garganta.

—De acuerdo. Ahora tienes que descubrirte la herida y sujetarme la linterna. Es mejor que vayamos a la parte trasera del helicóptero, para que puedas tumbarte.

Él esbozó otra de sus seductoras sonrisas.

—Puedo hacer dos de las tres cosas que me pides. Con gusto me quitaré la ropa. Y puedo sujetarte la linterna mientras revisas el impacto de bala que recibí porque estaba demasiado centrado en ti como para prevenirlo. Si me hubieran matado, no quiero ni pensar lo que habría sido de ti.

—Como si ahora estuviera en muy buena situación —murmuró ella, mientras se ponía los guantes de goma.

—Los dos estamos de una pieza, bueno, yo estoy un poco tocado, lo que es la mejor situación posible teniendo en cuenta las circunstancias. Pero tengo que informarte de que tuve que sacrificar la parte trasera del helicóptero en el aterrizaje de emergencia. Dudo que allí atrás haya espacio para tumbarse. Ni siquiera para alguien de tu especie.

Ella levantó la vista de la bandeja con utensilios médicos que estaba preparando.

–¿Especie? ¿Te refieres a las mujeres? Creía que éramos un género dentro de la especie humana.

–Felina –indicó él y sonrió mientras se levantaba la túnica para dejar el descubierto su herida–. No conozco otra cosa que sea capaz de salir por una ventana alta con tanta gracia y economía de movimientos.

–Se llaman gimnastas. Yo lo fui hasta los dieciocho años. Al parecer, recupero mis habilidades cuando estoy en condiciones difíciles.

Él terminó de desatarse el turbante de la cabeza. Era un hombre acostumbrado a embutirse en ropa antes de salir al desierto, para protegerse así de su hostilidad y crueldad, pensó ella.

De pronto, todos los pensamientos de T. J. se desvanecieron. El turbante dejó al descubierto el denso cabello color caoba de él, largo hasta los hombros.

–Deberías ser actor –dijo ella, tragando saliva.

–¿Eh? –dijo él, quitándose la túnica negra por encima de la cabeza. Se quedó sólo con una camiseta de manga larga, ajustada a su poderoso torso.

–Deberías estar en el teatro representando el papel del Rey León –sugirió ella–. No te haría falta casi maquillaje.

Cuando él intentó quitarse la camiseta, gimió de dolor y se detuvo.

–Parece que no puedo levantar bien el brazo izquierdo.

–¿Tienes en el helicóptero ropas para cambiarte?

–Sí.

–De acuerdo –dijo ella, sacó las tijeras y comenzó a cortarle la camiseta.

Él protestó por lo frías que estaban las tijeras sobre su piel caliente y gimió cuando ella llegó a la parte de tela que estaba pegada a la herida y tuvo que desadherirla. Luego, gritó cuando su enfermera improvisada le palpó los bordes de la herida.

No sólo era un grito de dolor. Para un oído hipersensible, el sonido tenía una levísima inflexión de inconfundible placer.

T. J. se estremeció al oírlo y se preguntó qué pasaría si lo tocara sin guantes, piel con piel, y sólo por placer, no para examinar una herida.

Debía dejar de fantasear y centrarse en lo que estaba haciendo, se dijo T. J. Sin duda, tenía que estar bajo los efectos del *shock* para dejarse seducir por un hombre así.

Así que, esforzándose en concentrarse, T. J. continuó con su labor.

De pronto, se dio cuenta de algo. Ella había estado llenando jeringuillas con anestésico, antiinflamatorio y un antibiótico de amplio espectro y, mientras, él le había estado ayudando, tomando las jeringuillas llenas y colocándolas sobre la bandeja con la precisión de un experto. Siguió ayudándola con total eficiencia, sabiendo dónde poner cada cosa. Ella preparó los escarpelos, la sutura, las vendas, las gasas y el antiséptico.

Sin duda, él no se había echado un farol cuando había dicho que podía curarse la herida solo. Ese hombre era experto en muchas cosas más que en rescatar secuestrados. Las operaciones médicas de urgencia tampoco le eran ajenas, pensó ella.

¿Quién era él?

Cuando T. J. abrió la boca para preguntárselo, él le tocó la mejilla con un dedo. La ternura de su caricia estuvo a punto de pulverizar sus defensas. Se tragó su pregunta.

—No estabas exagerando cuando dijiste que sabías tratar las heridas de bala. ¿Quién eres en realidad, Rocío del Cielo?

T. J. se detuvo un momento, antes de continuar con la cura.

Nunca nadie se había parado a pensar en lo que significaba su nombre.

—Tus padres acertaron al elegir un nombre que expresa tan bien tu delicadeza y lo maravillosa que eres.

Ella lo miró ofendida.

—¡No soy delicada!

Él sonrió con indulgencia.

—Oh, pero lo eres de una forma increíble.

—¿Cómo tienes la mandíbula? —preguntó ella, afilando la mirada.

—Mi mandíbula siempre recordará su encuentro contigo. La verdad es que no tienes nada de frágil. Tienes una delicadeza refinada y llena de recursos. Por fuera, eres de puro oro, recubierto de diamantes y, por dentro, acero pulido.

Ella torció la boca.

—¿Estás seguro de que no te has golpeado en la cabeza? ¿O es que siempre estás preparado para improvisar poesía?

–No, más bien, no. Las mujeres me acusan de ser parco en palabras. Nunca digo algo que no piense. O que no sienta. Tal vez, por eso me eligieron para hacer cumplir la ley y no para la diplomacia.

–Entonces, entre las hordas de mujeres que han pasado por tu vida, ¿yo soy la única que después de una misión de rescate te ha conmovido tanto como para sacar tu poeta interior?

–Lo has resumido a la perfección.

De pronto, él se volvió y se tumbó, apoyando la cabeza en su regazo.

Petrificada, ella lo miró.

–Éste es el único sitio donde puedo tumbarme.

T. J. tragó saliva, mirándolo a los ojos, y reprimió su deseo de acariciarle el pelo y la cara, de inclinar la cabeza y besarlo en la frente antes de empezar a pinchar y cortar con el escarpelo.

Antes de sucumbir a aquellas ridículas ideas, ella puso la bandeja que había preparado en el suelo y centró la atención en el costado del herido.

–Bien. Así podré pasarte mejor las cosas –indicó él.

Ella asintió y se aclaró la garganta, con la esperanza de poder concentrarse en lo que estaba haciendo.

A continuación, comenzó a examinarle la herida.

Harres levantó la vista hacia aquella enigmática mujer. Él la había salvado y, a su vez, ella lo estaba salvando.

Le sostuvo la linterna con esmero y la observó mientras ella le inyectaba un anestésico local.

Era más que hermosa. Era única. Mágica. Él no le había dicho ni la mitad de lo que pensaba cuando ella le había acusado de poético.

Cuando ella se había aclarado la garganta, Harres había adivinado que estaba luchando por mantener la compostura y que eso no tenía nada que ver con lo delicado de la situación médica.

–De acuerdo. La bala ha hecho una entrada limpia en los músculos. Te ha dado en la escápula, astillando tres costillas. No hay tendones ni nervios heridos. Hay daño muscular en el punto de entrada de la bala. Al salir, te ha hecho un herida de cuatro centímetros. Lo peor es el sangrado, pues parece que ha afectado a algunas arterias. Voy a tener que abrir la herida y meterme en ella para alcanzar esas arterias y cauterizarlas. Pondré puntos de sutura internos para los tejidos más dañados, pero dejaré la herida abierta para drenar si es necesario. La cerraré cuando haya pasado la inflamación y estemos seguros de que no hay infección.

Mientras hablaba, T. J. iba ejecutando su plan con gran precisión. Él siguió ayudándola.

A cada minuto, Harres se sentía poseído por nuevas sensaciones. No sólo su reacción física por notar los muslos firmes y cálidos de ella bajo la cabeza, ni su aroma embriagador. Nunca había experimentado tanta sinergia, ni siquiera cuando había trabajado con sus hermanos o sus hombres. Nunca había dejado que ninguna persona se hiciera cargo de nada mientras él había estado allí y, mucho menos, de su bienestar físico. Y jamás había deseado a una mujer con tanta intensidad. Al mismo tiempo, respetaba sus habilidades, confiando en su eficacia, y quería mimarla y protegerla con su vida.

¿Era real o su cabeza estaba delirando por la pérdida de sangre?, se preguntó Harres.

Sí, aquello era más real que cualquier otra cosa. Su cuerpo se lo confirmaba. Y, por la manera en que su enfermera lo acariciaba con la mirada y con las manos, mientras lo curaba, no le cabía ninguna duda de que también para ella era real.

No importaba quiénes eran, ni cómo o cuándo se habían conocido. Lo que habían experimentado juntos era mucho más intenso que las fases normales de acercamiento y atracción entre un hombre y una mujer.

Cuando ella terminó, Harres se incorporó y la ayudó a vendarle el torso. Entonces, ella comenzó a apartarse y él no pudo soportarlo. La sujetó con firmeza para mantenerla cerca.

Ella forcejeó. Él la sostuvo.

Tras un largo instante, la soltó.

–¿Tienes miedo de mí? –susurró Harres.

–No –negó ella. Y sonrió–. Y no comprendo por qué, teniendo en cuenta que estoy en medio de ninguna parte con un hombre enorme, en una tierra hostil donde no conozco a nadie. Pero no, no te tengo miedo. Más bien… al revés.

No se había equivocado. Ella sentía lo mismo que él.

–Bueno, no es verdad del todo –repuso él, para provocarla–. Los primeros segundos de nuestro encuentro, te asustaste tanto que estuviste a punto de dejarme inválido.

–Eso fue antes de verte la cara y oír tu voz. Antes de eso, sólo eras una figura gigantesca en medio de la noche, que había venido a por mí.

–Tienes razón, he ido a por ti –afirmó él y deslizó un brazo alrededor de su cintura–. ¿Vas a contarme dónde has aprendido a operar así?

–En la facultad de medicina, ¿dónde si no?

–¿Eres médico?

–Es lo que me dijeron cuando terminé la carrera.

–Entonces, todo lo que pensaba de ti antes de conocerte era falso, desde tu sexo hasta tu profesión. Nunca dejas de darme sorpresas.

–¿Por qué iba a hacerlo? –preguntó ella a su vez con una sonrisa temblorosa.

Harres sintió la urgencia de devorarle la boca.

–Por nada, *ya shafeyati.*

–¿Qué quiere decir eso?

–Mi sanadora.

–¿Y cómo se dice «mi rescatador» en árabe?

–*Monqethi.*

Ella repitió la palabra y su voz le resultó a Harres como una caricia, un dulce afrodisíaco que se le metía en cada poro de la piel.

–¿Y «mi héroe»? –preguntó ella.

–*Buttuli* –contestó él, a punto de sucumbir a la exquisita tortura de su salvadora.

Cuando ella susurró la palabra, Harres se inclinó y la besó en la boca, devorando su aliento y su excitante fragancia. Con un grito sofocado, ella se abrió a él.

Harres quiso ahogarse en ella, mostrarle el feroz deseo que lo consumía. La besó como si quisiera marcarla, penetrándola con su lengua, sumiéndola en los más dulces gemidos.

Ella se entregó al beso, rindiéndose a la fuerza de su pasión.

–*Talia… nadda jannati…* rocío del cielo…

–No es justo –susurró ella en los labios de él–. Yo no sé tu nombre… ni lo que significa.

Harres le chupó el labio inferior y ella gimió.

–Harres… Harres Aal Shalaan.

Dando un grito, ella lo empujó.

Él la miró, como si le hubieran arrancado un pedazo de sí mismo.

–¿Eres un Aal Shalaan? –rugió ella.

Harres asintió, lamentando habérselo dicho.

Todo terminaría, temió él. La atracción espontánea que había surgido entre los dos. Después de haberle contado quién era, nada volvería a ser lo mismo. Las miles de mujeres que había conocido, por muy atraídas que se hubieran sentido por él, lo habían visto siempre como una amalgama de poder y dinero. Nunca había sido sólo un hombre. Igual que había cesado de ser un hombre para su salvadora.

Harres exhaló. Sin embargo, ella hizo lo último que había esperado.

Lo miró con tal revulsión y hostilidad que, por un momento, él creyó que se había convertido en un monstruo.

–¿Así que eres uno de esos criminales de alta cuna? –le espetó ella.

Capítulo Tres

Harres se quedó mirando a la mujer que acababa de insultarlo a él y a su familia. E hizo lo único que pudo.

Echó la cabeza hacia atrás y soltó una carcajada.

Y, como el anestésico local estaba empezando a dejar de hacerle efecto, su cuerpo protestó ante el inesperado movimiento. Sin embargo, el dolor no le quemaba tanto como la mirada de desprecio de Talia.

Pero Harres no podía evitarlo. No podía controlar el alivio y la emoción que le producía el que, en vez de rendirse a sus pies al saber quién era, ella estuviera a punto de golpearlo de nuevo.

Y lo hizo. Le dio un puñetazo en el brazo sano, lo bastante fuerte como para que Harres dejara de reírse.

—¡No te rías de mí, bribón sinvergüenza!

El viento sopló con furia contra el helicóptero, haciendo que se moviera sobre el suelo.

Ella pareció no darse cuenta, mientras seguía atravesando a Harres con la mirada.

Y a él le encantaba.

Harres levantó la mano en son de paz, tratando de recuperar la compostura. Se contuvo para no agarrarla y volverla a tomar entre sus brazos.

–No me atrevería a hacer tal cosa. Me río de alegría –explicó él, sintiendo todavía el calor de los labios de ella. Lo que más quería era terminar con aquella confrontación para poder besarla de nuevo–. Otra más de tus sorpresas.

Talia apretó los puños.

–¿Qué te parece si te sorprendo rompiéndote la nariz de un puñetazo?

Tocándose la mandíbula, que todavía le dolía un poco del golpe de antes, Harres no pudo contener una risa de placer. Giró la cabeza, exponiéndole la nariz.

–Estuviste a punto de rompérmela antes… –bromeó él–. Menos mal que no te dije cómo me llamaba cuando tenías el escarpelo hundido en mi costado.

Ella lo miró con los ojos llenos de furia.

–Ahora lo sé y tendré que utilizar los escarpelos otra vez para drenar la herida antes de cerrarla. Si no, se infectará. Y no me digas que puedes hacerlo tú solo, porque los dos sabemos que no es así. No puedes llegar a la parte más profunda del impacto. Pero, la próxima vez, puede que la anestesia no sea tan… efectiva.

–No sólo alardeas de tu poder sobre mí, sino que estás dispuesta a usarlo, a pesar de tu juramento hipocrático. ¿Me torturarías mientras estoy a tu merced? ¿Disfrutarías con mi dolor? –replicó él y sonrió con excitación–. Lo estoy deseando.

Ella lo recorrió con una mirada desdeñosa.

–Así que, entre otras perversiones, eres masoquista, ¿eh? Debí imaginármelo.

–Que yo sepa, no lo era. Pero estoy descubriendo que me gusta cualquier cosa que venga de ti.

Ella dio un respingo y él tuvo que hacer un esfuerzo para no reírse de nuevo.

Suspirando, admitiendo que por primera vez en su vida estaba experimentando algo fuera de su control, Harres alcanzó sus ropas. Notó el calor de los ojos de ella sobre el cuerpo, mientras se vestía despacio.

Las reacciones de Talia habían sido una mezcla de entusiasmo y brutal honestidad, pensó Harres, satisfecho. Y una cosa estaba clara: lo que su salvadora sentía era tan fuerte como lo que sentía él. Tal vez, su mente le estaba diciendo que le diera una cuchillada, pero su cuerpo ansiaba estar junto a él. Y, por supuesto, eso la estaba haciendo enfurecer, adivinó él.

Cuando terminó de vestirse, Harres volvió a posar los ojos en ella. Talia le respondió con una mueca de desaprobación.

–Ahora, enciende la calefacción –rugió ella–. ¿Quieres ver cuánto tardamos en caer en la hipotermia? ¿O, tal vez, estabas esperando que yo te calentara?

–Piel con piel –dijo él y se estremeció al imaginar un acto de tanta sensualidad–. Lo siento, no sé cómo se me ha podido olvidar algo así. ¿Sería un atenuante si te digo que estaba demasiado aturdido con tu belleza como para acordarme de la calefacción?

–No. Yo tengo otra explicación. No te has acordado porque eres un animal de sangre fría, como todos los de tu familia.

Una carcajada hizo que le dolieran un poco más las costillas.

–Nunca me habían insultado con tanta creatividad antes. Me encantan tus andanadas verbales.

–Soy para ti un refrescante baño de ácido, después de que estás acostumbrado a sumergirte en las sucias y viscosas alabanzas de tus esbirros, ¿verdad, imbécil?

Harres rió de nuevo, llevándose la mano al costado, y gimió de dolor.

–Eres capaz de embrujar a cualquiera con tus garras de gata salvaje, *ya nada jannati.*

–¡No te atrevas a llamarme así!

–Talia…

–¡No me llames así tampoco! –le espetó ella, golpeándose el muslo con frustración–. Soy T. J. No, mejor, llámame doctora Burke. No, mejor… ¡no me llames de ninguna manera! Y retiro todo lo que te he llamado. No eres *monqethi* ni *buttuli.* Eres sólo uno de esos crueles dictadores. Aunque, ya que te han enviado a salvarme… debes de ser de los rangos inferiores. Pero eso no te hace ser mejor que los de más arriba.

Harres se quedó paralizado.

–¿No sabes quién soy? –preguntó él, despacio.

–Eres un Aal Shalaan –le espetó ella, pronunciando con asco su nombre–. Es lo único que me interesa.

¿Cambiaría su actitud si sabía quién era con exactitud?, se preguntó Harres. Esperaba que así fuera. Su hostilidad estaba empezando a dejar de ser divertida.

–No soy sólo un Aal Shalaan. Soy Harres.

–¿Y qué me quieres decir con eso?

–No sabes quién soy, ¿eh?

–¿Acaso eres algún pez gordo?

–El tercer pez gordo de por aquí, sí –contesto él, poniéndose serio.

Harres arqueó una ceja, esperando que ella comprendiera y lo mirara como todas las mujeres lo contemplaban cuando descubrían quién era.

Pero ella meneó la cabeza, abriendo y cerrando la boca varias veces a punto de decir algo, hasta que al fin consiguió articular palabra.

–¿Eres Harres Aal Shalaan?

–El mismo.

–Si piensas que voy a tragármelo, estás muy equivocado. El estereotipo de rubia tonta no va conmigo.

–La verdad es que pienso que eres una rubia muy inteligente e informada. Aunque, en este caso concreto, me parece que debe de haber algún malentendido respecto a mi familia.

–De acuerdo. Pues te escucho, dispuesta a que me saques de mi error. ¿Qué está haciendo el segundo hijo del rey y ministro del Interior en una misión de rescate en medio del desierto?

–¿Lo ves? Eres brillante. Vas al meollo de la cuestión con la precisión de una flecha. La respuesta es que no podía confiarle a nadie tu liberación. He tenido que hacerlo yo mismo. Y me alegro.

Ella soltó una carcajada de amargura.

–Claro, pero ha resultado que soy una mujer, única, mágica e irrepetible, ¿no? –se burló ella.

Harres tuvo tentaciones de capturar aquella cabecita obstinada y orgullosa y resucitar su deseo.

Pero sabía que sería contraproducente. Al fin, estaba dándose cuenta de la gravedad de la situación. No tenía ni idea de lo que le había hecho formarse aquellos prejuicios, pero parecían muy asentados. Y, si no era cuidadoso, todos sus esfuerzos por ganarse la confianza de aquella mujer increíble no servirían para nada.

Harres puso gesto serio.

–Hace unos minutos, antes de conocer mi identidad, estabas derritiéndote en mis brazos.

Ella lo miró con desagrado. Parecía más furiosa todavía.

–Claro. Estaba siendo manipulada por un maestro. Aunque, teniendo en cuenta que había sido secuestrada por una panda de bestias sin escrúpulos, cualquiera me habría parecido un caballero andante. Sin embargo, no has sido muy listo. Decirme quien eres ha sido el mayor error que podías cometer. Hubiera sido mejor que me hicieras creer que eres uno de los cientos de jeques que andan por ahí con sangre Aal Shalaan en sus venas. Confesar que eres hijo del rey, sólo te hace más culpable de los crímenes de tu familia. Eres el enemigo que he venido a derrotar.

Talia observó cómo Harres Aal Shalaan digería sus palabras.

La sonrisa paternalista que había tenido hacía unos minutos se había desvanecido y su gesto se había transformado por completo.

Pero ella no podía contenerse. Tenía que dejar salir todo su resentimiento antes de que la devorara por dentro. Su héroe, su salvador, el hombre que había arriesgado su vida para salvarla era un Aal Shalaan. Y no uno cualquiera. Era uno de los importantes. Y tenía casi tanto poder como el rey. Lo que sólo podía significar una cosa.

Ese hombre tenía más que perder que cualquier otro miembro de su familia.

Y ella estaba empleando su poder de provocación para confesar su intención de hacérselo perder todo. Mientras, estaba perdida en el desierto con él, sin ninguna manera de volver a la civilización. Sólo él podía ayudarla.

Talia contuvo el aliento, temiendo la reacción de él y sus probables consecuencias.

Harres bajó la mirada, mientras Talia lo contemplaba con el corazón golpeándole las costillas. Estaba segura de que, cuando levantara la vista de nuevo, no habría en sus ojos ni rastro de la tolerancia y la paciencia que él había mostrado hasta entonces. Sería frío y despiadado. Y ya no sería su rescatador, sino su carcelero.

Sin embargo, cuando Harres la miró de nuevo, ella estuvo a punto de arrodillarse ante él.

Sus ojos dorados emitían una energía intensa y pacificadora que le llegó a Talia a lo más hondo.

¡El hijo del rey debía de estar intentando hipnotizarla!

Y estaba a punto de conseguirlo, se dijo ella.

Lo había subestimado, reconoció Talia. Había esperado que su indulgencia se quebraría y dejaría al descubierto su verdadera cara cruel y malvada. Pero, al parecer, debía ser un buen conocedor de las personas y había anticipado que, intimidándola, no conseguiría nada de ella, pensó.

Todo indicaba que el príncipe Harres no era quien era porque había nacido en la familia real, ni porque se había pasado la infancia jugando a ser un guerrero del desierto. Era evidente que llevaba el poder en las venas y sabía mantener la compostura en todo momento. Su inteligencia era brillante y previsora. Además, poseía carisma a toneladas y don de gentes, dos cualidades que lo hacían más peligroso todavía.

Pero Talia no dejaría que siguiera utilizándolas con ella.

Entonces, él habló con esa voz suya de barítono, envolviéndola con su rica sensualidad.

—No sé qué has oído sobre los Aal Shalaan, ni de dónde te ha llegado esa información, pero te han engañado. No somos ni déspotas ni criminales.

—Claro. Porque tú lo digas.

—Sí, debes creerme hasta que pueda demostrártelo. Y me gustaría que me dieras, al menos, el beneficio de la duda.

—Imposible.

—¿Es que no vas a decirme de qué se me acusa para que pueda defenderme?

—Estoy segura de que eres capaz de inventarte cualquier defensa y de que puedes muy bien confundir a cualquiera. Pero esto no es un juicio y yo no soy juez. Sólo soy alguien que conoce la verdad. Y he venido a recoger pruebas.

—¿Pruebas de qué?

—De que no sois tan inocentes como fingís.

Harres se encogió de hombros, sin saber a qué se refería.

—Cualquier persona en una posición de poder tiene enemigos. Dirigir un país no es fácil. Las leyes y las reglas encuentran oposición en personas con otros puntos de vista o intereses. Yo mismo, como defensor del orden, estoy seguro de que mis decisiones no pueden agradar a todos. Eso no quiere decir que sea un criminal. No he cometido nunca un delito.

—Eres demasiado listo para hacer nada a la vista de todos. Manipulas la ley y a las personas. Como hiciste conmigo y sigues intentando hacer. Pero te conozco. Y a toda tu familia. Muchos dirigentes en la historia han sido depuestos cuando se han hecho públicos sus crímenes. Y espero que eso mismo pase con vosotros algún día.

De nuevo, había hablado demasiado, se dijo Talia. Ya nada podría quitarle de la lista negra del príncipe.

Sin embargo, él siguió manteniendo su máscara de sinceridad.

—Puedes creer lo que quieras, Talia. Pero también yo diré lo que me parezca. Te habría salvado, fueras quien fueras. Y estarás a salvo conmigo. Estarás más segura conmigo que con tu propia familia. Ahora me detestas, pero hace un momento tú también pensabas que el destino nos había unido en una poderosa atracción mutua. Ahora te pido que veas más allá de lo que crees saber. Eres médico y estás acostumbrada a ver la gente tal cual es durante las intervenciones de emergencia. Me has visto como soy en la mejor prueba que existe: ante una situación de peligro mortal y ante tus esfuerzos de provocarme.

Ella lo observó durante un largo instante.

—Deberías dedicarte a la diplomacia —comentó ella con una risa beligerante—. Tienes unas impresionantes dotes de persuasión. Pero conmigo ya no van a funcionar, así que déjalo.

Él le sostuvo la mirada y Talia creyó adivinar que estaba esforzándose por no sonreír. Entonces, exhaló, como un hombre resignado a tolerar una incómoda molestia.

—Crees que tienes razones para odiarnos. Cuéntamelas.

—No pienso contarte nada. Por lo que a mí respecta, no eres mejor que mis secuestradores. Eres mucho peor. Mi enemistad con ellos era incidental. Yo sólo era una fuente de información que podía servirles para derrotar a su enemigo. Pero, con tu familia, mi enemistad es muy específica. Y no intentes hacerme creer que me salvaste por tu bondad. Quieres lo mismo que ellos. Y mi respuesta es la misma que les di a ellos. Puedes irte al diablo.

—¿Es así como siempre sacas tus conclusiones, Talia? ¿Juzgas los síntomas y dictas el primer diagnóstico que se te ocurre?

Ella apretó los dientes, conteniéndose para no darle otro puñetazo. Ese hombre sabía hablar. la pata?

—No sabes nada sobre mí.

—Puede que no sepa nada de ti, pero sé cuál es la

verdad. Estoy seguro de que puedo probar mi inocencia. Eres valiente y atrevida. Eres apasionada en todo lo que haces y tienes un gran sentido de la justicia. Sé justa conmigo ahora. Dame la posibilidad de defender a mi familia. Y a mí mismo. Por favor. Talia, cuéntamelo.

Sus palabras invadieron el corazón de Talia, amenazando con convencerla. Ella se resistió con toda su fuerza de voluntad.

–Te he dicho que no me llames así. Si insistes en hablar conmigo, puedes llamarme T. J. Todo el mundo me llama así.

En esa ocasión, Harrcs sonrió abiertamente.

–Entonces, todo el mundo debe de estar equivocado, si son capaces de mirar tu belleza y pronunciar un nombre tan aséptico como T. J. Yo pienso llamarte Talia. O *nadda jannati*. No puedo hacer otra cosa.

–Por favor, deja de hablarme como si fuera una mujercita a quien seducir –le espetó ella, irritada–. Me estás poniendo enferma. Prefiero que uses los puños, como hicieron mis captores.

Como impulsado por un resorte, Harres se inclinó hacia ella con gesto de afronta.

–¿Te han golpeado?

–Sí, un par de veces, sólo para divertirse –confesó ella–. No era parte del interrogatorio, pues esos idiotas no eran los que iban a hacerlo. Apuesto a que tenían órdenes de no hacerme daño. Pero no pudieron resistirse a reírse de mí un poco por mi pequeña estatura y castigarme por haberme metido en los asuntos de su país.

Él apretó los dientes.

—Me hubiera gustado noquearlos con algo más que dardos somníferos. Debería haberlos matado.

—Deja de fingir que te importa lo que me pase —repuso ella con un respingo.

—No finjo. Me habría importado aunque hubieras sido un hombre, o un espía con malas intenciones. Nada es más despreciable que abusar de alguien indefenso, bajo cualquier pretexto. Esos hombres no son los patriotas que pretenden ser, son unos cobardes que aprovechan cualquier oportunidad para saciar su odio con los más desvalidos.

—Ya. Ni que tú fueras defensor de los débiles y de los opresores.

Él asintió con gesto solemne.

—Lo soy —afirmó Harres, como si hubiera recordado un juramento de sangre.

—¿Acaso defendiste a mi hermano? —le espetó ella, sin poder contenerse—. ¿Acaso lo protegiste del acoso y los abusos de tu familia, que terminó metiéndolo en la cárcel?

Capítulo Cuatro

Harres había creído estar preparado para cualquier cosa.

Y había aceptado que no podía adivinar cuál sería el próximo movimiento de Talia Jasmine Burke.

Pero aquello fue más que una sorpresa.

Se quedó mirándola a los ojos. Ella lo contemplaba con furia y un ápice de ansiedad.

Todo su odio no tenía nada que ver con ella misma, sino con un ser amado.

Su hermano.

Así que era eso.

Harres sabía que ella no había querido decírselo y que estaba furiosa consigo misma por haberlo hecho. Pero ya no había marcha atrás.

Al menos, tenía una pista, pensó Harres. Se dio cuenta de que estaba hablando del mismo T. J. Burke que él había investigado. No podía haber otro que también resultara estar en la cárcel.

Sin embargo, todavía no entendía que tenía que ver su familia con el encarcelamiento del hermano de Talia. Tendría, también, que conseguir esa información.

Tras un lago instante, Talia empezó a temblar de tensión. Sus ojos brillaban de dolor y agitación. Pero debía controlarse. Estaba en presencia de su enemigo. No la dejaría consolarla, ya que él era la causa, aunque indirecta, de la desgracia de su hermano.

—Ya que has llegado hasta aquí, cuéntame el resto —pidió él.

Ella exhaló, mirándolo con gesto desafiante.

—¿Para qué? ¿Para que me digas que me equivoco? Ya me lo has dicho unas cuantas veces.

—*Oqssem b'Ellahi*, te juro, Talia, que si no empiezas a hablar, te besaré de nuevo.

Los ojos de ella brillaron con una mezcla de indignación y tentación. Harres deseó que venciera la segunda.

—Inténtalo y, en vez de arrancarte la mano de un mordisco, te arrancaré los labios.

Él inclinó la cabeza, esforzándose por no sonreír.

—¿Qué más me da, si al final acabarías curándome? Habla, Talia. Si merezco un castigo, al menos, ilumíname sobre los detalles de mi crimen.

—Te recuerdo de nuevo que no soy la policía —repuso ella con un respingo—. No tengo por qué leerte los cargos que tengo contra ti. Soy familia de la víctima y tú eres familia de los criminales.

—¿Y qué hizo mi familia de criminales? —insistió él—. No me dejes en suspense por más tiempo.

Ella maldijo.

—Mi hermano gemelo trabajaba en Azmahar hace dos años —comenzó a decir ella y le lanzó una mirada de puro desprecio—. Es un genio de la informática y las grandes compañías se lo han estado disputando desde que tenía dieciocho años. Conoció a una mujer y se enamoró. Le pidió que se casara con él y ella aceptó. Pero su familia, no.

Entonces, había una mujer. Claro, pensó Harres.

—La mujer se llama Ghada Aal Maleki —continuó Talia y lo miró con gesto desafiante—. Ya sabes a quién me refiero.

—Sí, pertenece a la familia real de Azmahar. Sé que lleva mucho tiempo prometida con Mohab Aal Shalaan, mi primo segundo y uno de los tres hombres que había en mi equipo de rescate esta noche.

Talia se quedó boquiabierta. A continuación, levantó las manos al cielo.

—Genial. ¿Así que ahora le debo la vida a él también?

Harres meneó la cabeza.

—No le debes nada a nadie. Estábamos cumpliendo con nuestro deber. En cuanto a Mohab y su compromiso con Ghada, fue un acuerdo entre familias, pero creo que los dos han estado haciendo lo posible para sabotearlo. Primero, ella insistió en sacarse la licenciatura, luego el doctorado. Y él aceptó gustoso esperar e ir posponiendo la boda año tras año. Creo que ambos están tratando de eludir el matrimonio. Por el momento, no hay ningún anuncio de boda.

Talia levantó la barbilla, fingiendo desinterés.

—Bueno, tal vez, tu primo segundo no quiera casarse con Ghada, pero tu familia sí quiere que lo haga. A cualquier precio. Deben de tener grandes intereses en el matrimonio, pues están dispuestos a hacer lo que sea para hacerlo realidad. Cuando Ghada les dijo que iba a romper con tu primo para casarse con mi hermano, ellos los expulsaron de Azmahar. Y, cuando Ghada dijo que se reuniría con él en Estados Unidos, decidieron inventarse una trama e implicarlo en delitos informáticos. De alguna manera, consiguieron que lo juzgaran en Estados Unidos y lo declaran culpable, sentenciándolo a cinco años de cárcel. En una cárcel de máxima seguridad.

Hubo un silencio. Sólo la respiración agitada de Talia rompía la quietud del momento. Sus ojos estaban llenos de angustia y rabia.

Estaba esperando que él dijera algo. Pero Harres no sabía qué decir.

Talia, sin embargo, tenía mucho más que decir.

–T. J., así se llama él también. Todd Jonas. Se parece a mí. No es muy alto, su piel es pálida y tiene un aspecto infantil. ¿Tienes idea de lo que es la cárcel para él? Se me hace el corazón pedazos sólo de imaginarlo. Le quedan cuatro años y siete meses más.

Harres se quedó mirándola. Sabía de lo que ella estaba hablando. Una prisión llena de brutos ansiosos por atacar a los más débiles. Y su hermano sería un objetivo fácil.

Talia continuó hablando, con voz temblorosa y apasionada.

–Por suerte y no gracias a vosotros, está a salvo por ahora. Compré su… seguridad. Es probable que no pueda seguir haciéndolo durante mucho tiempo. El precio se ha triplicado en los últimos tres meses.

Hubo otro silencio y Harres adivinó que ella había dicho todo lo que tenía que decir.

Él tardó unos minutos en poder hablar.

–No puedo expresarte cuánto lamento la situación en que se encuentra tu hermano. Si es cierto que cualquier miembro de mi familia es responsable...

–¿Sí...? –le interrumpió ella, irritada–. Oh, te aseguro que es cierto, príncipe Harres. Alguien me ha dado la oportunidad de reunir las pruebas.

Harres no pudo evitar acercarse, atraído por la poderosa convicción que ella mostraba.

–¿Qué pruebas? ¿Y quién te las ha dado?

Ella lo miró como si estuviera loco.

–No pienso decírtelo.

–Es importante que me lo digas, Talia –insistió él–. Si conozco los detalles, podré ayudarte.

–Ya. Y vas a ayudarme a demostrar que tu propia familia es culpable de fraude, ¿no?

–No puedo asegurarte nada, ya que no conozco los detalles, pero si puedo ayudar a tu hermano de alguna manera, lo haré.

–Eso es –se burló ella–. Vagas promesas. Hasta que te dé la información que has venido a buscar. No soy ninguna tonta.

–Te repito que no conozco los detalles, pero lo investigaré. Y, luego, pienso actuar. Eso te lo prometo. Si algún miembro de mi familia es culpable, me ocuparé de que pague su precio.

–Ya, sí, claro.

–¿Crees que puedo mantener la paz en un sitio como Zohayd mediante favoritismos? Ocupo el puesto que ocupo porque todo el mundo sabe que soy recto y que nunca comprometeré mi honor.

Ella titubeó antes de endurecer la mirada de nuevo.

–Me alegro por ti. Pero no pienso contarte nada más. ¿Qué vas a hacer? ¿Obligarme, como pensaban hacer esos brutos?

Harres deseó poder convencerla de lo contrario de una vez por todas. No podía soportar que ella dudara de su seguridad estando con él.

–Te vuelvo a jurar que estás a salvo conmigo en todos los sentidos y a pesar de todo –afirmó él, mirándola a los ojos.

Talia, al fin, se encogió de hombros.

Él exhaló.

–Aclarado ese punto, analicemos la situación. Sé que no eres periodista y que tampoco eres espía… Eso me hace pensar que, tal vez, te hayan raptado por error.

Ella lo miró exasperada.

–¿Pretendes que te diga, así, la razón por la que me raptaron? De acuerdo, terminemos con esto de una vez. Vine a tu país siguiendo una pista que puede demostrar la inocencia de mi hermano. Y topé con información muy peligrosa para los Aal Shalaan. No tengo idea de cómo vuestra tribu rival se enteró de ello, y tan rápido. Quizá fuera cuando le mandé un correo electrónico a mi abogado contándole mis progresos. Por eso me raptaron. Vuestros enemigos quieren la información que yo poseo para destruiros. Y tú la quieres para evitarlo.

Y, aunque Talia lo estaba contemplando como si quisiera verlos a él y a su familia destruidos, Harres no pudo evitar sentir admiración hacia aquella leona de cabellos de oro que estaba arriesgando su vida por su hermano.

Al fin, él suspiró.

–Bueno. Es lo que yo pensaba. Pero has dicho que alguien te dio la oportunidad de probar la inocencia de tu hermano y te niegas a decirme quién. ¿No te das cuenta de que hay alguien detrás de todo esto?

–Claro. ¿Y? –preguntó ella con gesto pensativo.

–Que hay alguien a quien tu hermano y tú no le importáis nada, sois sólo un instrumento para sus fines, que son crear caos y destrucción.

Ella asintió despacio.

–Nunca creí que lo hicieran por pura amabilidad.

–¿Te han dado ya alguna prueba que pueda exonerar a tu hermano?

Talia meneó la cabeza malhumorada.

–¿No te parece extraño que sólo te hayan dado información para hacer daño a los Aal Shalaan? –volvió a preguntar él.

–Dicen que hará caer vuestra dinastía –afirmó ella con ojos encendidos.

Harres apretó los dientes, considerando el peligro que eso podía suponer para su país.

–¿No te has preguntado cómo pretenden que uses la información? ¿Crees que hacerlo ayudará a tu hermano?

Ella se encogió de hombros y, por primera vez, sus ojos mostraron un atisbo de duda.

–No he tenido tiempo para pensarlo. Me dieron la información esta mañana y, dos horas después, fui capturada. Pero tomé una decisión. No pensaba darles ninguna información a mis secuestradores. Por un millón de razones. Tenía claro que esos brutos no iban a dejarme escapar con vida, así que no pensaba, de ninguna manera, colaborar a que se hicieran con el mando de Zohayd para aplastar a sus súbditos.

Harres se quedó mirándola. Esa mujer era una caja de sorpresas. Cualquiera en su situación hubiera estado dispuesto a dar la información con la esperanza de poder salir con vida de allí. Pero ella hubiera preferido morir antes que suplicar por su vida o participar en una injusticia.

Él se contuvo para no tomarla entre sus brazos, pues estaba seguro de que ella se resistiría.

—Al parecer, te das cuenta de que la información que posees es vital y de lo que puede pasar si cae en las manos equivocadas. ¿Has decidido qué vas a hacer con ella?

Talia se encogió.

—Si salgo de esto de una pieza, claro… Primero, confirmaré los datos. Luego, pensaré muy bien cómo usarla —contestó ella—. Puede que la haga pública y, así, pavimente el camino para que la democracia llegue a Zohayd.

Harres arqueó las cejas con sarcasmo.

—¿Como las supuestas democracias de la zona? ¿Quieres privarle a Zohayd de su paz y prosperidad, sacándola de las manos de la monarquía que tan sabiamente ha dirigido el país durante cinco siglos? ¿Y tienes idea de qué repercusiones podría tener eso en las monarquías vecinas? Sería un caos y los militares acabarían tomando las calles –opinó él y esperó un momento antes de continuar, dejando que ella comprendiera–. E, incluso aunque caiga el rey mañana y la democracia fuera un éxito, eso no ayudaría a tu hermano. ¿O te bastaría con vengarlo, castigando a sus verdugos, y dejándolo a él en prisión durante el resto de sus días?

–No lo sé, ¿de acuerdo? –gritó ella, llena de confusión y antipatía–. Te he dicho ya que no he tenido tiempo para pensarlo. Y ahora no es un buen momento para reflexionar. Estoy en medio de ninguna parte, sin nadie de mi lado. Podré responderte si consigo salir de ésta.

Antes de que Harres pudiera decir que él estaba dispuesto a cualquier cosa con tal de protegerla, Talia se encogió, doblándose sobre sí misma, y se tambaleó.

Lleno de pánico, él la observó, temiendo que estuviera herida. Se acercó a ella, ignorando la punzada que sentía en su propio costado. Le levantó el rostro con las manos y la miró a los ojos.

–Talia, no seas cabezota, estate quieta –susurró él, cuando ella trató de zafarse–. ¿Estás herida?

–No –contestó ella y gimió–. Es por uno de esos puñetazos que me dieron en el estómago. De pronto... el dolor es muy intenso –explicó.

–Talia, voy a quitarte todas esas capas de ropa que llevas... –señaló él, preocupado.

–¡De eso nada!

–Entonces, hazlo tú. Pero hay que quitarlas. Luego, te vas a tumbar. Necesitas estirar los músculos. Te daré un masaje con pomada antiinflamatoria.

Ella se quedó rígida durante un momento, luego, se rindió, asintió y se bajó la cremallera del abrigo.

Harres la siguió con la mirada. Cuando se dio cuenta de que llevaba un corsé debajo de la camisa, la sangre le bajó de golpe a la entrepierna al comprender que su disfraz había ocultado una mujer exuberante...

Talia apartó la ropa para mostrarle el abdomen, mirándolo con recelo.

–Deja que me ocupe de ti, no te resistas –le susurró él al oído.

Ella suspiró, dejándose manipular.

–Es inútil resistirse, ¿verdad?

Harres sonrió mientras abría el tubo de pomada.

–Sí. Ahora mismo no estás en condiciones de resistirte a mí. Espera a estar en forma.

Ella murmuró algo, una mezcla de aceptación a regañadientes y de gemido, mientras él la examinaba y le extendía la pomada.

Entonces, cuando Talia se relajó, él pudo ver la marca del impacto en su pálida piel.

La sangre se le subió a la cabeza de pronto, lleno de furia y deseos de venganza contra los que la habían golpeado.

–Sólo de imaginármelos tocándote, por no decir haciéndote daño…. los mataría.

Ella lo miró a los ojos, sorprendida por la intensidad de sus palabras. Ella suspiró y se relajó de nuevo bajo sus suaves manos.

–Tal vez, piensas que matar a alguien es un castigo adecuado y que puede servir de ejemplo a los demás.

Harres dejó de masajearla cuando ella empezó a tiritar. Quizá tenía frío, o le dolía… o estaba excitada, pensó él. Deseó poder desnudarla y tomarla y, así, remediar los males de ambos, pero sabía que, por el momento, debía contenerse.

Tras unos minutos en que ambos se miraron en silencio, Harres apartó las manos y la ayudó a levantarse. Ella rechazó su ayuda y se colocó las ropas. A continuación, se acurrucó en el otro lado de la cabina, lo más lejos posible de él.

Harres dio un paso hacia ella. No iba a consentir que lo tratara como si fuera un villano.

—Dejemos algo claro, Talia. Yo no he tomado parte en lo que le pasó a tu hermano. Así que no tengo nada más que decir al respecto. Y nada por lo que disculparme —señaló él y adivinó con satisfacción que ella estaba sopesando sus palabras y admitiendo que tenía razón—. Hasta que no pueda averiguar más y hacer algo, no te dejaré que vuelvas a sacar el tema. El asunto de tu hermano está cerrado por ahora.

Él le sostuvo la mirada, hasta que Talia refunfuñó con resentimiento y aceptación.

Harres asintió, sellando así su acuerdo.

—Ahora, debemos concentrarnos sólo en nuestra supervivencia.

Capítulo Cinco

—¿Cómo que nuestra supervivencia? —inquirió ella, furiosa.

Harres frunció el ceño.

—¿Qué clase de pregunta es ésa? Estamos en medio de ninguna parte, como has dicho tú. En la zona más hostil del planeta.

—Sí, claro. ¿Y?

Harres meneó la cabeza, sin comprender.

—Te preocupa salir de ésta con vida. Creí que entendías lo peligroso de nuestra situación.

—Soy yo la única que está en peligro. Y el peligro eres tú.

—¿Yo? —preguntó él, exasperado.

Ella se encogió de hombros, ignorando la desesperación de él.

—Sí, tú. Sospecho que vas a aprovechar la situación para hacerme hablar. Y, una vez que estés seguro de que te lo he dicho todo, no te preocupará tanto mi bienestar, ni que esté viva o muerta.

Harres exhaló, lleno de frustración.

—Creo que te has sacado esa idea, ridícula, ofensiva y deshonrosa, de la manga.

Talia lo observó un momento antes de asentir despacio.

–Supongo que sí. Pero me pareció que, ya que estás en tu elemento y has sobrevivido al rescate y al choque de una pieza, no corrías ningún peligro.

–¿Cómo puedes pensar eso?

–No lo sé –repuso ella con sarcasmo–. Tal vez, porque parecías despreocupado y alegre, riendo y sonriendo, metiéndote conmigo por ser mujer, interrogándome e intentando acorralarme con tu testosterona.

Harres no pudo evitarlo y soltó otra carcajada.

–Es por ti. Tú haces que me sienta despreocupado y alegre, a pesar de la situación.

–Ahora vas a decir que me besaste porque te incité –se burló ella, sonriendo.

–En cierta manera, sí. Me hiciste desearlo con todas mis fuerzas. Me hiciste alegrarme de haberte salvado, de que me salvaras y de que estés aquí conmigo. Además, sé que tú querías que te besara.

De manera involuntaria, Talia se humedeció los labios con la lengua. Le brillaron los ojos, al recordar el sabor de él. Enseguida, se recompuso y dio un respingo.

–¿Ves? No es tan raro que piense que no estás preocupado por la situación. ¿Quién habla así si se siente en peligro de muerte?

Él suspiró.

–Al parecer, yo. Cuando te tengo cerca. Pero, cuando hablaste de utilizar otra vez el escarpelo conmigo, creí que te dabas cuenta de que ambos estábamos en peligro.

–Sólo quería hacerte ver que tú también estás a mi merced.

Él camufló una carcajada.

–Estamos sentados dentro de un helicóptero estrellado. ¿Cómo puedes pensar que yo no corro peligro estando en medio del desierto, sin modo de salir?

–Resulta que tú eres el príncipe Harres Aal Shalaan. El único y magnífico. Debes de tener toda clase de recursos para contactar con tu gente y que te recojan cuando te apetezca.

–Tengo la tecnología –admitió él, asintiendo despacio–. Toda la tecnología que existe, pero es inútil, pues estamos en una zona sin cobertura para las comunicaciones. La zona más cercana con cobertura está a trescientos kilómetros.

Ella abrió los ojos como platos.

–¿Quieres decir que tu gente no tiene forma de saber dónde estás?

–Eso es.

Tras un momento, Talia pareció llegar a una conclusión. Sus ojos se llenaron de miedo.

–Entonces… tu ejército estará peinando el desierto para encontrarte, ¿no?

–Seguro –afirmó él y soltó un suspiro de resignación–. Y me encontrarán. Tal vez tarden una semana. Tenemos agua a bordo sólo para un par de días.

–¡Nos encontrarán antes de una semana! –exclamó ella, asustada–. Con todas las herramientas tecnológicas que tienen y todo el país buscando a su precioso príncipe, apuesto a que te encontrarán como mucho en un par de horas.

Harres quiso abrazarla y librarla de su preocupación. Pero tenía que decirle la verdad. Se ocuparía de sacarla del peligro, pero quería asegurarse de que ella comprendiera que no iba a ser fácil.

–No tienen manera de saber por dónde empezar –confesó él–. Cuando mis hombres regresen a casa y se den cuenta de que yo no estoy allí, volverán al punto donde dejamos el helicóptero para empezar a buscar. Pero no tienen ni idea de hacia dónde volamos y dónde nos hemos estrellado.

–Bueno, tal vez tarden un poco más, un día o dos –repuso ella–. Sobrevolarán la zona y nos verán.

Harres meneó la cabeza, dispuesto a quitarle sus falsas expectativas. Era mejor que aceptara la dura realidad cuanto antes.

–Estamos en una zona de ciento cincuenta mil kilómetros cuadrados y algunas de las dunas de por aquí miden más de trescientos metros de alto… La verdad es que estaba siendo optimista cuando calculé una semana.

Hubo un pesado silencio.

Ella lo miró con ojos aterrorizados.

–Oh, cielos, estás aquí varado conmigo –dijo ella al fin.

Harres no pudo contenerse más. Alargó las manos y tomó el rostro de ella, acariciándole las mejillas para calmarla.

–No se me ocurre mejor compañía que tú para estar atrapado y en peligro de muerte.

Ella abrió la boca y la cerró de nuevo.

Entonces, saliendo de su estupor, Talia se quitó de encima las manos de él con un movimiento brusco.

–¿Cómo puedes bromear en un momento así?

–No estoy bromeando –aseguró él y alargó la mano hacia ella, pero la apartó cuando Talia le enseñó los dientes como un felino–. Puedes morderme si quieres, pero eso no cambiará la situación. Y lo que te he dicho es cierto. No se me ocurre nadie mejor con quien estar aquí.

Los ojos de Talia se llenaron de lágrimas.

–¡Cállate! –sollozó ella–. Ya has dicho bastante, ¿no te parece?

–La verdad es que estaba llegando a la parte interesante.

–¿Qué parte interesante? ¿La de que dentro de unos miles de años encontrarán nuestros huesos y los pondrán en un museo, preguntándose si éramos Adán y Eva?

Harres se agarró al asiento para contenerse de tomarla entre sus brazos y devorarla con frenesí.

–No tengo ninguna intención de convertirme aún en un fósil. Para eso, primero tenemos que salir de este pedazo de chatarra y sumergirnos en el desierto.

Ella no dijo nada. Se acomodó en el asiento, incómoda.

–Deberías tumbarte. Está claro que te has golpeado en la cabeza y todo lo que dices y haces es fruto del delirio –comentó Talia.

–¿Es que crees que no tengo cerebro de repuesto? –bromeó él.

–Sí, claro, como corresponde a tu linaje. Pero, si se te ocurre sugerir que hagamos una excursión por la parte más hostil del planeta, es porque necesitas intervención médica.

–Sólo sería un paseo de setenta kilómetros. Ésa es la distancia al oasis al que te estaba llevando antes de estrellarnos.

Ella lo miró con un atisbo de esperanza en los ojos, que pronto se convirtió en alivio.

–¿Por qué no lo has dicho antes? No está tan lejos.

–En el desierto, con las altas temperaturas de día y el frío de la noche, no será una excursión de placer. Además, no iremos en línea recta. Hay arenas movedizas por el camino.

Talia levantó la barbilla con gesto desafiante.

–Si estás intentando asustarme, ahórratelo. No he venido a Zohayd desde un hospital de lujo con aire acondicionado, sino de una destartalada y abarrotada clínica en los suburbios de la ciudad.

Harres hizo una pausa antes de hablar.

–Sólo quiero prepararte. Me ocuparé de que lleguemos a buen término de la forma más eficiente posible. Pero necesito que estés al tanto de la situación. Por el momento, hemos superado la parte fácil. Ahora, tenemos que enfrentarnos al desierto.

Él percibió cómo el miedo y la incertidumbre amenazaban con abrirse paso.

–En cualquier caso, es un alivio saber que no tendré que cargar con una damisela quejosa –bromeó él.

–¡Siempre y cuando yo no tenga que cargar con un tipo debilucho!

Aquella mujer era tremenda y tenía un carácter inquebrantable, pensó Harres y se rió de nuevo, sin poder evitarlo. Al instante, meneó la cabeza, recordando de nuevo lo desesperado de la situación.

Estaban en un helicóptero destrozado en medio de una inmensidad de desolación. Harres iba a tener que desafiar al desierto en su pobre estado de salud para velar por la seguridad de su acompañante. Alguien que, por cierto, parecía decidida a borrarlos a él y a su familia de la faz de La Tierra.

A pesar de todo, sin embargo, él no había disfrutado nunca tanto en toda su vida.

Aunque tampoco debía olvidar los graves argumentos que ella tenía contra su familia. Un hermano injustamente encarcelado podía ser motivo más que suficiente para un enfrentamiento insalvable.

Aquello era peor de lo que Harres había imaginado. Había esperado tener que lidiar con un periodista hambriento de noticias o con un espía sin escrúpulos. Pero no podía haberse imaginado que se encontraría con una mujer enemistada con su gente. Ni, mucho menos, había contado con el poderoso efecto que ella le causaría.

Capítulo Seis

El desierto de noche era el espectáculo más majestuoso e impresionante que Talia había soñado jamás.

Aunque también era aterrador y extraño. El paisaje era impresionante.

Harres había aterrizado a unos dieciocho metros del suelo en una duna. Desde allí, tenían unas vistas ilimitadas de los océanos de arena que los rodeaban, bañados en un color y una luz indescriptibles. Y en el horizonte, se abría una profunda eternidad cuajada de estrellas. Su luz pintaba sombras ocultas en la tierra, que parecían transformarse en entidades con vida propia. Parecía un escenario sacado de *Las mil y una noches.*

Harres estaba apartando los escombros de la parte trasera de helicóptero para acceder a ella y tomar las provisiones que iban a necesitar para la excursión.

Talia se estremeció de nuevo, en parte sobrecogida y, en parte, helada por el frío aire del desierto. Los dientes le castañetearon.

Harres la oyó y se enderezó.

—Hace mucho frío. Vuelve a la cabina.

Ella meneó la cabeza.

—De acuerdo. Dejemos esto claro. Cuando yo diga algo, tienes que obedecer. Yo estoy al mando.

Ella se puso en jarras.

–No estamos en el Ejército y yo no soy uno de tus soldados.

–Yo soy el nativo aquí –repuso él, mirándola a los ojos–. Y soy el jefe de la expedición.

–Pensé que habíamos acordado un trato de igualdad.

–Así es, pero en nuestras áreas de especialización.

–Y tú eres el caballero del desierto, ¿no?

–¿Qué pasa? –bromeó él, llevándose la mano al pecho y fingiendo ofensa–. ¿No lo parezco?

–Claro que sí –contestó ella, pensando que era cierto–. Eres un caballero andante, de acuerdo. Pero yo estoy cualificada para decidir quién está en peligro de hipotermia y, hasta que no te pongas la ropa adecuada, tú lo estás. Ya has actuado como el increíble Hulk, apartando escombros para poder acceder a las provisiones, ahora puedes volver a la cabina. Yo tomaré lo que necesitamos.

Harres dio un paso al frente con gesto desafiante.

–Tardarías horas en descubrir dónde está cada cosa. Yo puedo organizarlo todo en unos minutos. Es mejor no perder el tiempo discutiendo.

–Yo no estoy herida, estoy vestida de forma apropiada y soy médico, pero tú eres experto en este helicóptero siniestrado y en supervivencia en el desierto. ¿Lo ves? Estamos empatados. Así que ambos nos quedaremos, cooperaremos y terminaremos en la mitad de tiempo.

Harres posó los ojos en la boca de ella, deseando acallarla con un beso.

–Te gusta tenerlo todo controlado, ¿verdad? –preguntó él, contemplándola despacio.

–Igual que tú –replicó ella, encogiéndose de hombros.

–Tienes razón –admitió él y sonrió.

Y, aunque sabía que estaba en peligro de muerte y la luz de la cabina lanzaba sombras fantasmagóricas sobre ellos, Talia nunca se había sentido tan… viva.

La compañía podía cambiarlo todo, incluso en las situaciones más extremas, reconoció ella.

Y lo cierto era que estaba deseando meterse en la aventura imposible de atravesar el desierto a su lado. Siempre le habían entusiasmado los retos, pero nunca antes había estado tan cerca del peligro. Con Harres a su lado… todo parecía posible. Y superable. Incluso… placentero.

Talia meneó la cabeza, tratando de dejar de pensar esas cosas.

Parecía una locura. Sin embargo, estar con aquel hombre estaba transformando lo que podía haber sido una pesadilla en la experiencia más emocionante de su vida.

Ella observó cómo Harres quitaba el último pedazo de metal retorcido de su paso y daba un paso atrás.

–Comencemos a preparar las mochilas, dulce gota de rocío.

A Talia se le aceleró el corazón. Nadie, ni siquiera sus padres, le habían hablado con unas palabras tan imaginativas y tan… tiernas.

Debía tener cuidado para no acostumbrarse a ellas, se dijo. Por un millar de razones.

–¿Es eso lo que me respondes a todos mis insultos? –replicó ella, mirando por encima del hombro mientras le precedía en el pequeño espacio de carga. Se acuclillaba y esperaba sus instrucciones.

Harres rebuscó con eficiencia entre las provisiones, sabiendo con exactitud dónde estaba cada cosa. Después de ponerse una chaqueta térmica, se volvió para responder.

–Sé que no debería decírtelo, porque lo más probable es que cuando lo sepas dejes de hacerlo, pero tus insultos me encantan. Viniendo de ti son como una… caricia.

Para ocultar su azoramiento, Talia fingió toser.

–No me vengas con cuentos. Ya sé que estás a prueba de insultos, como me dijiste antes.

–¿Lo recuerdas? –repuso él, complacido porque así fuera–. Nunca he tenido un ego demasiado grande. Además, los insultos suelen ser falsas acusaciones o exageraciones, intentos de provocar. Mi mejor respuesta a ellos es ignorarlos.

Ella lo miró estupefacta.

–¿Quieres decir que hay quien se atreve a insultarte?

–Tengo un hermano mayor… muy agresivo. Y tres hermanos pequeños. Los insultos no son algo nuevo para mí. Pero sé que tú me insultas sólo a causa del miedo o de la desconfianza.

Talia se quedó paralizada por la súbita seriedad de su tono. Reconoció que lo que él acababa de decir era cierto y se tragó la respuesta burlona que había estado a punto de darle.

Y, a pesar de que su resentimiento por lo que le había pasado a Todd y de que sabía que lo único que el príncipe quería de ella era sacarle información, Talia no pudo evitar ser justa. Era cierto que él no había tenido nada que ver con el encarcelamiento de su hermano.

Además, tenía que admitir algo más.

No quería herir a Harres. De ninguna manera.

Bajando la vista en silencio, Talia le ayudó a sacar las mochilas.

–Pero hay una cosa de la que no puedo recuperarme –indicó él, mirándola a los ojos con gesto provocativo–. Que no creas que los cumplidos que te hago sobre tu belleza son ciertos… rocío de jazmín.

Ocultando el efecto que sus palabras le causaban, Talia siguió sus señas y metió botellas de agua y paquetes de comida seca en las mochilas. Entonces, se dio cuenta de que una era mucho más pequeña que la otra.

Harres le tendió unas latas de comida, que ella metió en la mochila también. Luego, abrió otra caja que contenía pistolas, linternas, bengalas, baterías, brújulas y otros muchos artículos, que distribuyó entre los dos.

–Ahora, cierra tu mochila y vamos a preparar los sacos de dormir.

–¿Quieres decir que esta bolsa tan pequeña es la mía? –preguntó ella y miró el otro macuto, que era casi de su propio tamaño–. ¿Y ese mamut es la tuya?

–Yo soy el doble de grande que tú y puedo llevar cuatro veces más peso.

–Mira, eso está pasado de moda. No pienso quedarme de brazos cruzados mientras se te rompen mis suturas.

–Pensé que eran mías –respondió él–. Si veo que no puedo soportarlo, te lo diré.

–Sí, claro, eso no hay quien se lo trague.

–Soy muy cabezota, lo siento, pero es lo que hay –señaló él y le tomó el rostro entre las manos con ternura–. Gracias por preocuparte por mí, pero he pasado por cosas peores. Me he entrenado a sobrevivir en condiciones extremas durante un cuarto de siglo –explicó y sonrió–. Tal vez, desde antes de que tú nacieras.

–¿Qué? ¿No te he dicho que llevo años practicando la medicina? ¿Es que crees que dan el título de médico a los niños?

–Si es a una niña prodigio, sí.

–Bueno, pues yo no lo soy. Cumpliré treinta años en agosto.

–No puedo creerlo –admitió él, sorprendido.

–Pues así es.

–¿Lo ves? No dejas de sorprenderme.

–Antes o después, dejaré de hacerlo, si te quedas para verlo.

–Pretendo quedarme. Y apuesto a que siempre me sorprenderás.

–No pensaba que fueras jugador.

–No lo soy. Pero apostaría cualquier cosa por ti.

Entonces, Talia se dio cuenta de que él seguía sosteniéndole el rostro entre las manos. Ella estaba temblando. Y él era consciente del efecto que le producía. Y sabía que antes o después sucumbiría a la atracción que ardía entre los dos.

«De ninguna manera», se prometió Talia.

–No estés tan segura –murmuró él, envolviéndola con su exótico acento.

Ella soltó un grito sofocado. Al parecer, él había escuchado sus pensamientos.

Talia meneó la cabeza, apartándose de sus manos.

Con una mirada desafiante, Harres se giró y siguió preparando las mochilas. Sacó una tienda de campaña doblada, mantas y sacos de dormir. Y, de nuevo, ella se sintió invadida por esa extraña sensación de intimidad y conexión que la había envuelto cuando había estado curándole la herida…

Además, su cuerpo ansiaba su cercanía, por mucho que ella intentara contenerlo.

Debía de ser el instinto de supervivencia, se dijo Talia. Sin duda, era eso lo que la impulsaba a acercarse a la única persona que había allí. Él era su fuente de seguridad y esperanza. ¿Acaso no era comprensible que quisiera lanzarse a sus brazos?, pensó, intentando calmarse.

Pero Talia sabía que no era sólo eso. Aquel hombre le hacía sentir cosas increíbles. Desde la primera vez que lo había mirado a los ojos, había dado vida a algo nuevo dentro de ella y había despertado su… hambre.

–Tienes hambre.

Ella se sobresaltó al escuchar su voz y lo miró. Harres parecía imperturbable como una roca. Con resentimiento, ella deseó conocer su punto débil, la manera de quebrantar a aquel héroe salido de un cuento de *Las mil y una noches.*

Además… ¿por qué él le había preguntado eso? ¿Es que podía leerle la mente?, pensó ella, avergonzada.

—Te suena el estómago —aclaró él.

Entonces, Talia se dio cuenta de que era cierto. Llevaba veinticuatro horas sin comer.

—Éste es el plan. Comemos, nos preparamos y seguimos. Es la una de la madrugada. Si nos vamos dentro de una hora, tendremos unas ocho horas para caminar antes de que haga demasiado calor. Cuando empiece a apretar el sol, pararemos, acamparemos y esperaremos al atardecer. Caminaremos dos horas y descansaremos una. O más, si lo necesitas. Si recorremos unos ocho kilómetros cada tres horas, llegaremos a nuestro destino dentro de tres días. Si racionamos las provisiones, podremos aguantar.

—Si se nos acaba la comida, podemos usar las botellas de suero. Todavía me quedan unas pocas.

—¿Lo ves? Eres la mejor compañía que podría desear en este lío —dijo él.

—Estoy segura de que podrías arreglártelas solo —murmuró ella, excitada, conteniéndose para no lanzarse a sus brazos.

—Me honra tu comentario. Así que no soy tan malo

—Aún está por ver lo que eres —contestó ella—. Todavía puedes hacer que nos perdamos y acabemos fosilizados.

Harres rió, su masculina y fuerte risa mezclada con un gemido de dolor.

—Nunca me equivoco de camino. Es una cuestión de principios.

Sí, a Talia no le cabía duda. Y estaba dispuesta a apostar su vida por ello.

¿Qué elección tenía?

Ninguna.

¿Por qué preocuparse?

Harres la había llevado hasta allí, a pesar de lo imposible de la situación.

Si había alguien en el mundo que podía sacarlos de ésa, era él.

Pero… ¿y si no había forma de salir de ésa?

De pronto, Harres la tomó de la mano y la atrajo a su lado.

Y, dejándose poseer por la magia, por el instinto de supervivencia o por lo que fuera, Talia se dejó llevar. Lo necesitaba.

Se derritió en la boca de él, saboreándolo, sintiendo su lengua caliente y tierna, llena de deseo. Se rindió a su calor y al frenesí más apasionado.

Entonces, Harres apartó un poco la cabeza y la miró a los ojos.

—Te he dicho que estás a salvo conmigo, Talia, en todos los sentidos. Me ocuparé de que no te pase nada. Es una promesa. Dime que crees en mí.

Y Talia se lo dijo.

—Creo en ti.

Capítulo Siete

Por milésima vez desde que la habían raptado a punta de pistola de su apartamento alquilado, Talia se preguntó si aquello podía estar pasando de verdad.

Una cosa era segura. Harres era real.

Y ella lo estaba siguiendo por aquel inhóspito paisaje que le hacía sentir como si no fuera más que una de las minúsculas partículas de arena que había bajo sus pies.

Habían salido hacía unas seis horas. Antes, Harres había estudiado las estrellas y la brújula, mostrándole cómo pensaba combinar su información con su conocimiento del terreno para calcular el rumbo. Le había dicho que quería que ella supiera todo lo que estaba haciendo. Y a ella le había parecido imposible comprender cómo podía distinguir marcas en el paisaje que parecían todas iguales. Pero él había insistido en que era muy importante que ella también supiera por dónde tenían que ir y, de alguna forma, había conseguido explicárselo.

Acababan de embarcarse en su tercera caminata de dos horas. Harres andaba delante, como si su enorme mochila no le pesara nada, mientras ella se tambaleaba detrás. Él iba siempre primero, para poder protegerla de cualquier posible sorpresa desagradable que les saliera al paso, y se había encargado de elegir caminos de arena dura, así que tampoco era tan difícil avanzar. Al principio.

Pero, enseguida, ella había tenido que admitir para sus adentros que no habría sido capaz de cargar con más peso del que llevaba.

Siguiendo las huellas de Harres en la arena, tal y como él le había indicado que hiciera, Talia le agradeció en silencio su protección y sintió como si, con cada paso, su conexión fuera cada vez más íntima, más profunda.

Habían pasado horas desde que había amanecido y, con la subida del sol, la temperatura también había ido elevándose.

Harres se había ido quitando capas de ropa y se había quedado sólo con las vendas que ella le había cambiado hacía unas horas, unos pantalones ajustados negros y botas de cuero. Mientras él caminaba delante, pudo observarlo sin ser vista y se dio cuenta de algo: era perfecto.

No, más que eso. No sólo no podía encontrarle ningún fallo sino que, cuanto más lo observaba, más detalles admiraba.

Parecía hecho de bronce, satén y seda oscura. Sus proporciones eran una obra maestra de proporción y equilibrio, un patrón de fuerza y esplendor. Ella nunca había creído que un hombre de su altura y su envergadura muscular pudiera caminar con tanta gracia y elegancia. ¿Cómo era posible que un cuerpo tan impresionante pudiera desplegar esa combinación de poder y poesía?

Y su rostro… En la penumbra, sus ojos la habían capturado pero, a la luz del día, percibió algo nuevo. Entre la inteligencia impresa en su frente ancha y leonina, el corte de sus mejillas, su poderosa mandíbula y el humor y pasión que se dibujaban en sus labios, ella no sabía qué le gustaba más. Y eso sin contar sus cejas, las pestañas, el cuello… incluso las orejas.

Además, estaba el pelo.

Desde que los primeros rayos dorados del amanecer lo habían iluminado, Talia se había quedado fascinada con el pelo de su acompañante.

El color parecía sacado de la paleta de la creación, con todos los tonos fundidos con el brillo y la energía del sol. Mientras Harres caminaba, su sedoso cabello ondulado parecía una extensión de su virilidad. Talia tenía que contenerse para no ir hacia él y acariciarlo.

Cuando Harres se giró para comprobar que ella estaba bien, Talia tragó saliva, percibiendo esa mirada suya tan especial, una mezcla de ánimo, apoyo y desafío que la llenó de energía para continuar. Entonces, ella se dio cuenta de algo más.

Él era la viva imagen del Príncipe de la Oscuridad. Capaz de seducir sin ningún esfuerzo, de inducir a cualquiera a toda clase de pecados… de hacer que una mujer estuviera dispuesta a vender su alma… o regalarla.

Debía de estar alucinando por el cansancio, se dijo Talia.

Tal vez, debería pedirle que pararan un poco más, antes de desmayarse.

Pero no estaba cerca del colapso, no. Era su libido

desbocada la culpable de aquellos pensamientos, no el cansancio.

Apartando los ojos del hipnótico movimiento del cuerpo de Harres, Talia intentó centrar la atención en los mágicos cambios que se operaban en el desierto a cada paso de su excursión.

Mientras el calor y el brillo del sol no dejaban de aumentar, Talia se alegró de que él le hubiera prestado unas gafas de sol y un pedazo de tela de algodón para cubrirse la cabeza.

A las diez en punto de la mañana, Harres se detuvo.

—Puedo continuar —dijo ella con voz ronca, a pesar de que lo único que deseaba era sentarse y no levantarse nunca más.

Él meneó la cabeza y le quitó la mochila.

—No tiene sentido cansarte más, luego necesitarías más tiempo para reponerte. O, peor aún, podrías quedar exhausta del todo.

—Eres tú quien tiene una herida de bala. Yo estoy acostumbrada a pasar días de pie en mi trabajo.

—Has pasado por el equivalente a cuatro días de trabajo en las últimas doce horas —comentó él con una sonrisa y, antes de que ella pudiera protestar, continuó—: pero, ya que va contra tus principios no hacer nada, puedes ayudarme a poner la tienda.

Talia asintió con reticencia. Se estaba muriendo por descansar, pero quería terminar con aquella excursión de una vez.

Él le dio la tienda y, enseguida, Talia comprendió por qué le había encargado esa tarea. Después de desdoblarla, no había nada más que hacer. La tienda se abría sola sin necesitar apenas intervención humana.

Después de recoger provisiones para las siguientes horas, Harres la condujo dentro. Talia se quedó impresionada. Había espacio para unas diez personas y tenía altura suficiente para que él caminara de pie. Era de un tejido fresco y aislante, con un ingenioso sistema de ventilación.

Pero seguía haciendo calor. Mucho calor. Y la mayor parte provenía del deseo que Talia sentía.

Cuando levantó la vista después de beber algo de agua, ella se lo encontró mirándola con ojos ardientes.

—Quítate la ropa.

Ella se sobresaltó y sintió que un volcán le estallaba en el pecho. Se sonrojó de pies a cabeza.

—Toda —añadió él, observándola.

Talia se quedó mirándolo, sin saber qué decir. Lo último que había esperado había sido que él…

Entonces, Harres esbozó una traviesa sonrisa.

—Si no lo haces, sudarás litros de agua que no vamos a poder reemplazar.

Ah. Claro, pensó Talia, y se mordió el labio inferior, sintiéndose como una tonta.

Lo malo era que, si se quitaba la ropa, no tenía debajo un conjunto de ropa interior de mujer, sino sólo unos calzones masculinos. Y no sabía que la avergonzaba más: que él le viera el pecho desnudo o que viera lo ridícula que estaba con esos calzones.

Sin embargo, su objetivo debía ser evitar la deshidratación, se recordó a sí misma.

Talia asintió y exhaló.

—¿Puedes darte la vuelta?

—¿Para qué? —preguntó él, fingiendo inocencia.

Entonces, Harres empezó a quitarse la ropa que le quedaba. Se sacó las botas, luego se desabotonó los pantalones. Ella se quedó embobada mirándolo. Tardó un poco en darse cuenta de que había bajado la vista y que tenía la boca abierta, esperando que quedara al descubierto el miembro de él.

Recuperando la compostura, Talia lo miró a los ojos con gesto desafiante y comenzó a desvestirse también. ¡Si él pensaba que iba a esconderse o a comportarse como una damisela asustadiza, estaba muy equivocado!

Cuando ella iba a quitarse la camiseta interior, Harres tocó algo en el techo de la tienda. Una pesada separación de tela cayó entre ellos.

Talia se quedó petrificada, mirando la superficie opaca que los separaba, hasta que oyó la provocativa voz de él al otro lado.

—Cada uno tiene su dormitorio.

—¡Tú… podías haberlo dicho! —gritó ella.

Con una mezcla de alivio y decepción, Talia se quitó el resto de la ropa y se tumbó en la colchoneta.

En cuanto se puso en posición horizontal, ella se quedó profundamente dormida. Y no se despertó hasta que sintió… sus caricias.

Confundida, Talia parpadeó. Él estaba acuclillado a su lado, tocándole con suavidad la cara y el pelo.

Durante un instante, ella sólo puso pensar que era una manera deliciosa de despertarse.

Entonces, él sonrió.

–Te he estado llamando. Pero no te despertabas.

Ella parpadeó de nuevo, se miró el cuerpo y se vio cubierta con una fina manta de algodón. Pero, como era él quien debía de haberla cubierto, tenía que haberla visto desnudo. De todas maneras, la había tapado, para no herir su sentido del decoro.

Talia se esforzó para no atraerlo junto a ella y agradecerle el haber sido tan considerado.

–¿Qué hora es? –preguntó ella.

–Está atardeciendo.

–¡Pero teníamos que haber salido hace una hora! –exclamó ella, preocupada.

–Necesitabas dormir. Ahora, iremos más rápido –comentó él, le acarició el pelo y le guiñó un ojo–. Levántate, mi doctora de rocío.

Talia hizo una mueca, pensando que él la estaba tratando como si fuera su hermanita pequeña. Aun así, la incendiaba de deseo sin remedio.

Cuando ella iba a tomar sus ropas, Harres la ayudó. Le puso la camiseta por la cabeza y le metió los brazos, sin dejar al descubierto sus pechos. Y le quitó manta cuando ya le había puesto la camiseta.

Justo cuando Talia se creía a punto de explotar de deseo, la mirada de él se llenó de intensidad. Entonces, inclinó la cabeza, con los labios entreabiertos, hacia el cuello de ella.

Sentir sus dientes y su lengua fue como ser tocada por un rayo. Talia se estremeció.

Pero lo que hizo él a continuación fue peor todavía. Le recorrió la clavícula con la lengua, lamiéndole el sudor seco. Luego, murmuró algo indescifrable, se levantó y desapareció en el otro compartimento.

Ella se tumbó sobre la espalda, soltando un grito sofocado, antes de reunir fuerzas para ponerse en pie. Entonces, entró en el otro lado de la tienda para examinarle la herida antes de continuar con la marcha.

Iba a tener horas para darle vueltas a lo que había sentido, se dijo Talia.

Al final del segundo día, apenas les quedaba agua, aunque sólo habían estado bebiendo cuando había sido necesario. Estaban perdiendo mucho líquido por el sudor.

Después de la medianoche, pararon para hacer un descanso de una hora.

Cuando bebió, Talia se dio cuenta de que él no lo hacía. Dejó el vaso e insistió en que él bebiera también, pues era quien más estaba sudando, llevando una mochila tan pesada. Él sólo aceptó una de las botellas de suero.

Después, ignorando las protestas de ella, Harres colocó una manta sobre el montículo de una duna y colocó más mantas encima. A continuación, tomó a Talia de la mano, tirando de ella.

Antes de que supiera cómo había pasado, Talia estaba tumbada encima de él, mirando hacia el cielo, con la espalda apoyada sobre su pecho y la cabeza sobre su hombro. Entonces, Harres los envolvió con las demás mantas.

Tras quedarse paralizada un instante, Talia intentó apartarse.

—Relájate —ordenó él, agarrándola.

¿Relajarse? ¿Estaba loco?

Y, por si fuera poco, Harres le estaba rozando la cabeza con los labios mientras hablaba.

—Descansa. Caliéntate. Hace más frío que ayer.

—T-tenemos bastantes mantas —protestó ella—. Podemos taparnos por separado.

—Éste es el mejor método para conservar la temperatura —repuso él—. Conserva tu energía, Talia. Duerme. Te despertaré dentro de una hora o dos.

—N-no quiero dormir.

—Ni yo. Preferiría estar despierto, disfrutando del momento contigo.

Y, aunque no tenía frío, Talia se estremeció.

Los brazos de él la estaban sujetando por los pechos y ella tenía los glúteos apoyados en lo que sospechaba era una tremenda erección. Pero lo que les unía en ese momento no era sólo sexual. Ella nunca había sentido algo así por nadie.

Con las estrellas sobre sus cabezas, Talia suspiró como si los huesos se le hubieran derretido.

—Las estrellas son preciosas.

—No se ven muchas donde tú vives, ¿verdad? —murmuró él, rozándole la mejilla con los labios.

—No se ven todas. No sabía que hubiera tantas. Sé que hay incontables estrellas en el universo, sí, pero no creí que pudieran verse. Aquí hay millones —repuso ella, rendida ante la belleza del entorno y la virilidad protectora de su acompañante.

–En realidad, sólo pueden verse unas ochocientas mil desde cualquier hemisferio de la Tierra. Y éste es el lugar del mundo donde más claro se ve el cielo.

Talia se volvió hacia él y lo miró.

–No me digas que las has contado.

–Lo intenté. Pero he tenido que conformarme con la información científica disponible.

–Parece que hay muchas más –repuso ella–. Pero te creeré. Me encanta poder verlas.

–Les ordené que salieran para nosotros.

Proviniendo de cualquier otro hombre, su comentario hubiera sonado como una frase hecha. Pero, de alguna manera, Harres parecía ser uno con la naturaleza y el poder de la tierra. Parecía conocer los secretos y misterios del mundo que los rodeaba. Además, por ser el hombre que había arriesgado su vida para salvarla, que la estaba cuidando con tanto esmero y atención, a ella no le costó creer que deseaba de veras complacerla. Por eso, su comentario le sonó sincero, profundo.

Y, aunque una voz interior le decía que él podía estar haciéndolo todo para sonsacarla, ella no quiso escucharla. No era posible que Harres estuviera fingiendo. En medio de aquella situación límite, él nunca había dejado de comportarse con galantería, control y amabilidad.

Al fin, Talia suspiró.

–Lo suponía. ¿Son súbditas tuyas?

–Oh, no. Son sólo amigas. Tenemos un trato.

Tal y como ella había pensado.

–Te creo.

–Podría acostumbrarme a que me dijeras eso –señaló él.

Su sensual acento, mezclado con su español perfecto, le despertaba las sensaciones más embriagadoras. Sin embargo, en vez de sentirse agitada, tuvo ganas de dormir así, acurrucada bajo la protección de aquel hombre increíble.

–Eres muy cómodo –observó ella, bostezando.

–No soy cómodo, claro que no –negó él y su cuerpo se estremeció con una sonora carcajada.

Encima de él, Talia percibió de nuevo su poderosa erección, que parecía crecer por momentos.

–No te muevas.

–Pero tienes una… tienes una…

–¿Erección? Sí, estoy así desde la primera vez que posé los ojos en ti. Y, si me lo vas a preguntar, te diré que no siempre soy así. Pero no me importa.

–Pensé que a los hombres no les gustaba estar así.

–Yo no soy como todos los hombres. Y, aunque es una erección incómoda e incluso dolorosa, nunca había disfrutado tanto antes. Nunca me había sentido tan vivo.

Talia se estremeció al escucharlo e intentó permanecer inmóvil cuando se dio cuenta de que su estremecimiento no hacía más que excitarlo más a él.

Harres le acercó la boca al oído.

–Nunca te haré nada, si tú no me invitas a hacerlo, Talia –susurró él–. Hasta que no me lo supliques.

Talia lo creyó. Y se recostó en él, saboreando el modo en que sus cuerpos respiraban al unísono. Notando como sus latidos se fundían en uno solo.

Pasaron unos minutos interminables de tranquilidad y silencio, hasta que él la besó en la frente y suspiró.

El tercer día llegó y pasó.

Al final del cuarto día, se les habían acabado todas las provisiones y no había ni rastro del oasis.

El quinto día, después de la puesta de sol, Harres hizo algo que llenó a Talia de miedo y desesperación.

Había tirado todo su equipo.

Cuando ella había protestado, él se había quedado en silencio un largo rato. Luego, la había mirado con gesto solemne y le había dicho que debía confiar en él y que su único propósito era que llegaran al oasis para sobrevivir.

Y ella había confiado en él.

Pero no habían llegado al oasis.

Diez horas más tarde, ella había sido incapaz de continuar.

Se había desmayado. Harres había podido sujetarla antes de que llegara al suelo. La había tumbado con la mayor ternura, bañándola de besos y dulces palabras.

Ella había caído inconsciente, pensando que aquellas serían las últimas palabras que escucharía en su vida.

Sin embargo, se había despertado más tarde, envuelta en las dos mantas de las que Harres no se había deshecho. Y en la chaqueta de Harres. Estaba asándose viva bajo el ardiente sol del mediodía.

Pero estaba viva.

Entonces, Talia se dio cuenta de otra cosa.

Estaba sola.

Se zafó de las mantas y se sentó. Harres no estaba por ninguna parte.

¿La habría abandonado?

No. Talia sabía que no era posible.

¿Y si le hubiera pasado algo? ¿Y si sus enemigos lo hubieran encontrado? ¿Qué le habrían hecho?, se preguntó asustada.

Entonces, comenzó a sollozar. A ratos, se sumía en la inconsciencia y volvía a despertar. Pero, incluso en sus momentos de lucidez, la acosaban las pesadillas. Soñaba con Harres pasando por lo peor… y todo por su culpa, porque él había ido a salvarla…

«Oh, Harres… por favor…».

De pronto, como si hubiera escuchado su plegaria silenciosa, Harres apareció. Debía de ser un espejismo, pensó Talia.

Estaba montado en un caballo blanco galopando como un caballero andante.

Lo único que Talia lamentaba antes de morir era no haber podido salvar a Todd y no haberle expresado a Harres sus sentimientos.

Si tuviera tiempo para seguir viviendo, se limitaría a disfrutar de su presencia todo lo que pudiera, se dijo.

En su sueño, Harres saltó del caballo antes de que el animal parara, se acercó a ella con las alas de su capa extendidas como si fuera un águila enorme y magnificente, envolviéndola en su paz y su protección. Talia le estaba tan agradecida por los sentimientos que había despertado en ella… Por primera vez, se había sentido enamorada… Sí, enamorada…

–Harres… me gustas tanto…

–Talia, *nadda jannati*, pérdoname por haberte dejado sola.

–No pasa nada. Me hubiera gustado que estuvieras… conmigo…

Él inclinó la cabeza para protegerla del sol, mirándola con ansiedad con sus mágicos ojos.

Ella suspiró de nuevo.

–Eres un… ángel… Harres. Mi ángel guardián. Es una pena que hayas llegado al mismo tiempo que… ese otro ángel… el ángel de la muerte…

–¿Qué?

Talia se encogió entre los brazos de él.

–Estás viva y a salvo. Te pondrás bien. Bebe, *ya talyeti*.

Talia sintió un líquido en los labios y bebió al instante, sintiendo cómo la vida volvía a su cuerpo.

–Si te hubiera llevado conmigo, no habría podido llegar al oasis –explicó él–. Así que te dejé aquí y me fui corriendo. He tardado seis horas en ir y dos más en volver a caballo. Estaba muerto de preocupación por ti. Pero he vuelto y estás viva, Talia.

–¿E-estás seguro?

–Claro que estoy seguro –contestó él, riendo–. Ahora, por favor, bebe, mi preciosa gota de rocío. Pronto estarás tan bien como siempre.

–Querrás decir tan mal como siempre, ¿no?

Talia sintió cómo el pecho de él se movía, pero estaba demasiado atontada como para comprender que Harres se estaba riendo.

–¿Lo ves? Eres mi preciosa protestona de siempre.

–Dices… cosas muy hermosas. Eres lo más… maravilloso… que me ha pasado jamás.

Entonces, Talia se desvaneció en los brazos de él.

En su sueño, le pareció que Harres le respondía.

–Tú eres lo más maravilloso que me ha pasado a mí, *ya habibati*.

Capítulo Ocho

Harres ignoró el dolor y el cansancio que lo embargaban.

Tenía que hacerlo hasta que llegara con Talia al oasis.

Las personas que le habían dado el caballo se habían ofrecido a ir a buscarla y a cuidar de ambos.

Pero Harres no había podido dejar que lo hicieran sin él. Había tenido que ser él quien la salvara, tal y como le había prometido.

Harres les había pedido que siguieran sus huellas hasta el lugar donde habían dejado el equipo, para recogerlo. Sobre todo, el botiquín.

El viaje de vuelta al oasis fue más largo. Talia montó en la grupa con él, acurrucada en sus brazos.

Harres había sufrido un infierno cuando la había dejado y había tenido que hacer un esfuerzo titánico para concentrarse en el camino, mientras se la imaginaba sola, embutida en las mantas, detrás de una duna. Había sufrido pensando que ella estaría al borde de la asfixia cuando el sol convirtiera el frío desierto nocturno en un lugar abrasador. Había rezado porque el viento no hubiera borrado el mensaje que le había dejado escrito en la arena y porque ella lo hubiera leído y hubiera sabido utilizar las mantas para construir una sombra con los palos que le había dejado.

Pero el mensaje había sido borrado. Y ella se había quitado las mantas, pero no se había resguardado del sol. Después de más de cinco días de suplicio, había sido casi un milagro que sobreviviera.

Cuando había llegado al oasis, había comprendido el aspecto que había tenido por el rostro horrorizado de las personas que lo habían recibido. Y el horror de aquellas buenas gentes había crecido todavía más cuando se habían dado cuenta de que había estado sangrando. En su carrera desesperada por encontrar ayuda, se le habían saltado los puntos.

Harres había dejado que lo vendaran de nuevo y lo vistieran con ropas apropiadas para el calor y había bebido. No había tardado mucho en subirse de un salto al caballo más rápido y salir al galope del oasis, seguido por un grupo de jinetes.

Le había parecido una eternidad el tiempo que había tardado en llegar hasta ella.

Las últimas palabras de ella antes de perder la consciencia resonaron en su mente.

«Eres lo más maravilloso que me ha pasado jamás».

Harres se estremeció y la apretó con más fuerza contra su cuerpo, pensando que siempre la protegería con su vida.

Ella podía haber dicho aquello por ser víctima de una alucinación, pero él sentía de todo corazón lo que le había respondido.

Después de una interminable hora más, Harres

llegó con su caballo a la puerta de la cabaña que les habían preparado.

Llevó a Talia dentro, en sus brazos, sin soltarla ni un momento, como si temiera que ella fuera a desaparecer. A continuación, le dio de beber agua y una bebida mineral y vitaminada que los lugareños habían creado para condiciones de deshidratación e insolación extremas.

Con sumo cuidado, musitando palabras de ánimo y alabanza, Harres la desvistió, dejándola en aquella ridícula ropa interior masculina que llevaba, y la sumergió en agua fría. Luego, la secó y volvió a mojarla con una esponja húmeda para calmar su calor. Cuando, al fin, le bajó la temperatura , le puso uno de los coloridos camisones que las mujeres del desierto le habían dado.

Mientras tanto, Talia se dejaba hacer, sin oponer resistencia.

Harres la tumbó en las suaves sábanas limpias de una cama baja. Al apartarse de ella, Talia protestó entre susurros, frunciendo el ceño como si algo le doliera.

Ella no podía soportar separarse de él. Y lo mismo le sucedía a Harres.

Él se acercó a su lado y la abrazó. Ella se acurrucó hasta que sus cuerpos parecían uno solo.

Poco a poco, su respiración se fue calmando y haciendo más profunda, hasta quedarse dormida.

Harres tenía la intención de hablar con los ancianos del oasis para preguntarles si creían que todavía estaba a tiempo de enviar mensajeros a sus hermanos, antes de que llegara la tormenta de arena. Tal vez, si iban lo bastante rápido, podrían adelantarse a ella.

Sin embargo, no quería separarse de Talia. Su única preocupación era verla cómoda y a salvo. Hasta que ella abriera los ojos y volviera a ser la misma de siempre, no pensaría en nada más que en ella. Incluso el destino de Zohayd era secundario.

No haría nada más que velarla hasta que se despertara…

Talia se despertó.

Durante unos momentos, después de abrir los ojos, no pudo creer las imágenes que veía.

Estaba bañada por una luz blanca y suave.

Al enfocar la vista un poco más, se dio cuenta que era una mosquitera. Y de que estaba tumbada entre las sábanas de lino más blancas y más suaves que había tocado jamás. Olían a ámbar y a almizcle. La luz provenía de unas aberturas en el techo, decorado con un intricado artesonado.

Aunque todavía no podía girar la cabeza, estaba fascinada por lo que veía. Había una pared de barro encalado, una puerta de madera de palma, ventanas con persianas de madera y dos sofás bajos cubiertos con colchas tejidas a mano, además de tapices y una gran alfombra de diseño beduino. Había lámparas de aceite e incensarios colgados en las paredes.

¿Estaría en otro mundo? ¿En otra época?

Poco a poco, fue recuperando la conciencia y dándose cuenta de lo que había pasado.

Harres había regresado a por ella. Su caballero del desierto había vuelto en un caballo blanco, al frente de una caballería. Y su aspecto había sido de tal ansiedad, tal preocupación, que ella habría llorado si hubiera podido.

Y, en todo momento, en sus despertares ocasionales, Harres había estado a su lado, cuidándola y mimándola.

—¿Estás despierta de verdad, *ya habibati*?

Su voz sonaba tan ansiosa como ella recordaba.

Talia se giró y se lo encontró a su lado, vestido con la túnica tradicional de su país.

Entonces, no había sido fruto de su imaginación, pensó Talia.

Ella cerró los ojos para saborear su imagen. Estaba siempre guapo pero, así, estaba… impresionante.

Harres se puso en pie con un grácil movimiento y, antes de que ella pudiera mirarlo a los ojos, él apartó la mosquitera.

—No, *ya talyeti*. Te lo ruego, no cierres los ojos otra vez.

Talia no se había dado cuenta de que los había cerrado. Al oír su súplica, los abrió de golpe y lo miró.

Su mirada de preocupación la hizo reaccionar.

Debía decir algo.

Lo intentó. Le dolía la garganta y la tenía seca por los efectos de la deshidratación y el cansancio.

—Estoy d-despierta —balbuceó ella.

Harres se inclinó sobre ella, mirándola con intensidad.

—Has dicho eso antes. Muchas veces. No puedo soportar que me lo digas más y te vuelvas a quedar inconsciente –señaló él y se pasó las manos por el pelo–. ¿Qué estoy diciendo? Si estás hablando en sueños otra vez, esto no te ayudará a despertar.

Ella se esforzó en sentarse, pero sólo consiguió girarse hacia él.

–E-estoy despierta de verdad. Recuerdo vagamente lo que ha pasado. Y no sólo estoy despierta, sino que me siento como nueva –dijo ella y, ante la mirada escéptica de él, añadió–: No, de verdad, he vuelto a la normalidad. Sólo estoy un poco mareada, lo cual era de esperar, y tengo agujetas por el ejercicio y por haber estado tanto tiempo en la cama…

Talia se interrumpió cuando, al intentar incorporarse, se miró el cuerpo.

Llevaba un camisón de satén sin mangas, en tonos azules, verdes y naranjas.

Sonrojándose, se lo imaginó quitándole las ropas sucias y vistiéndola…

Para empeorar la cosa, Harres se acercó un poco más, para examinarla, y a ella se le endurecieron los pezones bajo el camisón y sintió un calor húmedo entre las piernas.

Talia se removió en la cama y apretó las piernas para contener el deseo que bullía en su interior. Levantó la vista hacia Harres con los ojos entreabiertos.

–¿C-cuánto tiempo… llevo inconsciente?

Harres se miró el reloj y volvió a posar los ojos en ella, un poco más tranquilo.

–Cincuenta horas, cuarenta y dos minutos.

–¡Vaya! –exclamó ella, recuperando poco a poco

su fuerza y su claridad–. Pero no es tanto tiempo para recobrarse después de un caso extremo de deshidratación e insolación. Menos mal que soy dura, ¿eh?

Los ojos de él se llenaron de alegría, intensificando su vivacidad y su belleza.

–Es verdad. *Shokrun lel'lah.* Gracias a Dios.

Ella esbozó una trémula sonrisa.

–¿Y qué has estado haciendo mientras dormía?

Él sonrió también con un brillo travieso en los ojos.

–Te he estado cuidando, he mandado mensajeros a mis hermanos y te he seguido cuidando. Luego… ah, también te he estado cuidando.

Ella le dio una palmadita en el brazo como respuesta, agradecida porque la hubiera velado mientras descansaba.

–¿Y te has cuidado a ti mismo? ¿Has dormido algo?

Él la miró con gesto burlón.

–Pero no ha sido a propósito, te lo aseguro.

Talia se fijó, entonces, en las marcas de agotamiento de su rostro. Se le encogió el corazón, agradecida y admirada por su entrega.

–Oh, Harres, eres un incansable protector –dijo ella y le acarició el brazo, sonriendo. Entonces, soltó un grito sofocado–. ¿Qué pasa con tu herida? ¿Te la ha curado alguien? ¿Cómo está?

–Tengo buenas y malas noticias.

–Dime primero las malas.

–Tus puntos de sutura ya no están.

–¡Se te soltaron! –gritó ella.

Él asintió, levantando las manos para calmarla.

–La buena noticia es que parece que no hay infección. ¿Lo ves? –dijo él y levantó el brazo izquierdo sin esfuerzo y sin manifestar incomodidad–. Es más, la gente del oasis ha recuperado nuestro botiquín, así que podrás coserme de nuevo.

–¡Claro que lo haré! –replicó ella, aliviada porque él estuviera bien. Y miró a su alrededor–. Este lugar es increíble.

–Es un sitio muy especial –opinó él–. Era la cabaña del antiguo jefe del oasis. Murió hace dos años. Las casas de los jefes permanecen deshabitadas, en recuerdo a sus dueños. Es un honor que nos la hayan prestado mientras estamos aquí.

Ella sonrió de nuevo.

–Sólo lo mejor para el príncipe de Zohayd.

Harres meneó la cabeza, bañándola con la calidez de su mirada.

–No es eso. Cualquier náufrago que hubiera emergido del desierto como nosotros habría recibido el mismo tratamiento. Aparte de eso, mi relación con la gente de aquí no tiene nada que ver con mi título de príncipe. No creo que consideren a los Aal Shalaan como sus soberanos y, si lo hacen, no le dan mucha importancia a ese hecho.

–¿Por qué no?

–La gente del oasis se considera aparte del mundo exterior. Son… muy respetados por el resto de Zohayd, que casi los teme porque los ve como una nación mística que sobrevive fuera del tiempo y de dominio de los demás.

Ella digirió la información, comprendiendo a qué se refería. La sensación del tiempo y del espacio era por completo diferente allí.

–¿Una nación? ¿Cuántos son?

–Alrededor de treinta mil. Sin embargo, su negativa a unirse al mundo moderno los hace únicos. Y en eso reside su poder.

–¿Pero cómo van a defenderse de los intrusos si carecen de armas modernas?

Él puso gesto sombrío.

–Nunca habrá intrusos. Al menos, no mientras los Aal Shalaan estén en el gobierno. Ni mientras yo pueda impedirlo.

Con labios temblorosos, Talia se acercó a la boca de él, aún sin poder creer que aquello pudiera estar pasando.

Harres dejó escapar un gemido que encendió las entrañas de Talia con la más pura pasión.

Entonces, él se apartó de sus brazos.

Talia no tenía fuerza para sujetarlo. Ni derecho a hacerlo, si él no quería estar ahí.

Harres se incorporó. Y se puso en pie.

Su expresión se torno sombría… indescifrable.

Se pasó ambas manos por el pelo y exhaló.

–Todavía no estás del todo bien. Estás frágil… –observó él y volvió a exhalar, encogiéndose de hombros.

¿Por eso se había apartado?, se preguntó Talia. ¿Quería que estuviera bien del todo antes de plantearse hacer nada con ella?

Tenía sentido, pensó ella, sintiéndose todavía más agradecida a él.

En ese momento, Talia era como una náufraga en un mar de emociones y necesidades. Y tenía que averiguar si sus sentimientos eran fruto de la odisea que habían pasado, de los días de inseparable proximidad y dependencia de él… o si, de veras, eran sentimientos puros.

El peligro y el estrés habían pasado. ¿Pasaría también la atracción física y emocional entre ellos, tan abrumadora en los días pasados? ¿Seguiría siendo él el mismo hombre que la había estado animando en todo momento?, dudó Talia. Tal vez, él hubiera exagerado su atracción por ella para animarla o para suavizar el mal comienzo que habían tenido. O, peor aún, para conseguir la información que ella ocultaba.

Había demasiadas dudas, demasiados nubarrones oscurecían la situación. La tragedia de Todd, el papel de los Aal Shalaan en ella, la información que tenía, el deber de Harres de proteger al trono y a su familia.

Por eso, él había hecho lo correcto al apartarse, caviló Talia. Ella haría lo mismo, se esforzaría en recuperar su salud y su claridad mental. Hasta que viera las cosas tal como eran.

Si eso era posible.

Capítulo Nueve

Una explosión hizo temblar a Talia.

Harres la estaba rodeando el hombro con el brazo y se lo apretó un poco para tranquilizarla, riéndose.

–No, no es ataque enemigo.

Talia tragó saliva y dejó que él la siguiera guiando a través de la multitud, sin estar segura de dónde iba a ser la fiesta.

–¿Entonces, qué ha sido? ¿Una andanada para saludar al príncipe de Zohayd?

Él sonrió.

–Es su manera de anunciar que va a empezar el espectáculo –explicó Harres–. También son en honor de tu recuperación.

Ella sonrió con el corazón lleno de emoción. Por la fiesta pero, sobre todo, por la cercanía de Harres.

Talia se había recuperado bien y había dejado de estar en cama hacía tres días. Pero lo mejor era que la herida de él estaba casi curada.

Y, durante esos días, los dos habían permanecido juntos en la choza del antiguo jefe, recreándose en su jardín o en su interior, mientras la gente del oasis iba a verlos de vez en cuando para comprobar si necesitaban algo y para llevarles provisiones. Y Talia no había necesitado nada más.

Con Harres a su lado, era feliz.

En ese tiempo, también, se había dado cuenta de que los lazos que los habían unido en su experiencia en el desierto no habían sido fruto de la necesidad. Ni causados por la soledad o la desesperación. Habían surgido del fondo de sus esencias y sus corazones y los habían unido en un circuito cerrado de sinergia.

Estando con él, Talia no necesitaba nada más.

Esa noche, era la primera que se reunían con la gente del oasis. Ella se sentía muy agradecida por su hospitalidad. Aunque también se había sentido avergonzada.

Las hijas y esposas del jefe del poblado habían ido a verla, llevándole un maravilloso vestido para la fiesta. Harres había estado a su lado, traduciendo lo que habían dicho las mujeres. Mientras, éstas le habían estado comiendo vivo con la mirada. Ella había deseado poder hablar su idioma para compartir con ellas lo que sentía, pues al ser féminas también sabía que apreciarían los atributos de un hombre tan singular.

Sin embargo, cuando las mujeres la habían observado con un brillo de envidia en los ojos, había comprendido algo. Ya que Harres y ella estaban viviendo juntos, debían de pensar que eran… pareja.

Después, Talia le había preguntado si su situación lo estaba poniendo en un compromiso. Al fin y al cabo, él era un príncipe y vivían en un país muy conservador. Ya que ella se había recuperado, ¿no sería mejor que se mudara a otra choza antes de que llegaran los hermanos de él?

Harres había contestado que la gente del oasis tenía sus propias reglas. Eran uno con la naturaleza y no seguían intereses políticos ni materiales, tampoco imponían normas de moralidad. Vivían y dejaban vivir. Pero, aunque no hubiera sido así, a él no le habría importado lo que el mundo pensara. Le había dicho que sólo le importaba lo que ella pensara y le había preguntado si quería mudarse.

A Talia se le aceleró el corazón al recordarlo. Él había sido tan respetuoso, tan considerado al preguntárselo… Y ella no lo había dudado. Había querido seguir conviviendo con él, agobiada de pensar que pronto llegaría en día en que tendrían que separarse para siempre.

Pero no quería pensar en eso, ya tendría tiempo para hacerlo después.

En ese momento, con el corazón latiéndole como un tambor, prestó atención a su alrededor.

Bajo la luz de las fogatas y la luna llena, Talia reconoció una música que provenía del edificio más grande del lugar.

Era un edificio circular en medio de un claro, con espacio para miles de personas. Tenía más ventanas que paredes. Junto a la puerta principal, las ancianas del poblado, vestidas con túnicas largas y tatuajes en la barbilla y las sienes estaban sentadas con grandes urnas de madera entre las piernas, haciéndolas sonar con unos palos de madera.

Harres sonrió.

—Cuando no se usa como instrumento de percusión, el *mihbaj* se emplea para moler semillas, sobre todo café y… –explicó él y se interrumpió al escuchar el sonido de tambores proveniente del interior. Acercó los labios a los oídos de ella–. Toda la sección de percusión ha comenzado a tocar. Entremos.

A Talia le pareció como si hubieran dado un salto atrás en el tiempo.

Incienso especiado se mezclaba con el aroma a tabaco afrutado que muchos fumaban en sus pipas de agua.

El suelo circular estaba cubierto de alfombras tejidas a mano y las ventanas de las paredes blancas como la nieve estaban abiertas para dejar entrar la brisa nocturna del desierto y los rayos de luna.

Por todas partes, multitud de cojines yacían en el suelo y contra las paredes, junto a mesas bajas, preparadas para el banquete.

En un lado, había un escenario para los tamborileros, que producían aquel sonido tan seductor.

–El instrumento que tocan se llama *reg* –explicó él–. El *doff*, el más grande, hace de bajo –señaló con el dedo–. Los *darabukkah*, esos tambores con forma de jarrón invertido, mantienen el ritmo base. Normalmente, son los que comienzan a tocar, hipnotizando al público antes de que se unan los demás.

Sin duda, a ella sí la hipnotizaban, pensó Talia, sintiendo cómo el ritmo le latía en las venas.

Dejó que Harres la guiara al lugar destinado para ellos. Pero, con cada paso, se sentía más a merced del ritmo, deseando poder expresar la energía que la invadía con la danza y el movimiento.

De pronto, Harres le tomó la mano y la tomó entre sus brazos, todo el tiempo moviéndose al ritmo de los tambores.

—Baila, *ya nadda jannati*. Celebremos que estamos vivos y en el paraíso.

«Y celebraré que estoy contigo», quiso gritar ella.

Talia bailó, como si le hubieran quitado los grilletes que la habían inmovilizado toda la vida, dejándose llevar por el ritmo, meciéndose con él, el corazón latiéndole al unísono con la música.

Sin saber cómo, terminaron en medio de un círculo de personas bailando.

Los miembros jóvenes de la tribu danzaban a su alrededor con complicados movimientos. Los hombres se movían como pájaros de presa, cortejando a las mujeres, que imitaban los movimientos de grandes flores, coqueteando con ellos.

Harres ayudó a Talia a copiar sus movimientos y, luego, improvisaron su propia danza, embelesados el uno con el otro.

Y, durante un instante interminable, ella se sintió transportada a otro mundo donde no existía nada más que él. Estaban conectados a todos los niveles, sus voluntades y sus cuerpos movidos por los mismos hilos.

Saliendo de su estupor, Talia se dio cuenta de que todo el mundo estaba cantando. En cuestión de minutos, empezó a repetir la pegadiza melodía y su letra, aunque no entendía ni una palabra.

De repente, Harres la abrazó, convirtiendo su baile en una lenta danza de seducción, susurrándole algo al oído.

–Todo lo que he vivido sin ti no existe.

Talia se estremeció, invadida por una emoción demasiado grande como para racionalizarla.

Él se apretó un poco más contra ella.

La música se detuvo de forma abrupta. El silencio cayó sobre Talia como un jarro de agua fría, calmando el fuego de su deseo.

Ella quería que aquel instante no terminara.

Al levantar la vista hacia Harres, Talia se encontró con sus ojos, mirándola con intensidad. Él se inclinó y la levantó en sus brazos.

La gente corrió delante de ellos, indicándoles el sitio de honor donde debían sentarse. Ella intentó ponerse en el suelo, avergonzada porque la llevara así, pero él la sujetó con más fuerza.

Harres la colocó sobre unos cojines y le sirvió agua y esencia de rosas. Luego, empezó a pelarle dátiles y a dárselos en la boca.

Deseaba tomar la mano de él y lamerle los dedos pegajosos por la fruta. Luego, ir bajando por el resto de su cuerpo…

Talia suspiró, sumergiéndose en el momento, y se acomodó en los cojines. Harres se apresuró a ayudarla a colocarlos tras su espalda.

–¿Cuándo vas a entender que no necesito que me sigas cuidando? Nunca me he encontrado mejor –señaló ella con una sonrisa–. Has sido el mejor médico del mundo.

–Sé que ya estás bien, mi preciosa gota de rocío. ¿Pero vas a ser tan cruel como para privarme del placer de mimarte?

¿Qué podía una mujer responder a eso?

Sólo suspiros. Y eso fue lo único que salió de la boca de Talia, mientras los ancianos de la tribu se ponían en pie para dar unas palabras de bienvenida antes de que los camareros entraran con enormes bandejas con la cena.

Talia comió entre suspiros. Era la mejor comida que había probado jamás.

Harres le dio de comer, cortó las carnes a la brasa, le dijo sus nombres y las recetas de los distintos tipos de pan y del guiso de verduras. Le dio a probar, también, el vino de dátil, que a Talia le pareció la más deliciosa ambrosía. Pero el verdadero pecado de aquel festín eran los *logmet al gadee*, unos dulces redondos y dorados, crujientes por fuera y suaves por dentro, bañados en un denso sirope.

Después de la cena, bailaron de nuevo, luego se estrecharon la mano con cientos de personas y les dieron las gracias. En su camino de vuelta a la choza, Talia llegó a una conclusión.

Aquel lugar era mágico.

—¿En qué estás pensando, *ya talyeti*?

Ella meneó la cabeza y sonrió.

—Eso quiere decir mi Talia, ¿verdad?

Él asintió, acariciándole el pelo.

—Cada vez entiendes mejor el árabe.

—Me resulta fascinante, tan rico y expresivo. Me encantaría aprender más.

—Pues lo harás.

Siempre era así. Cada vez que ella deseaba algo, Harres insistía en proporcionárselo. Ella sabía que él estaba dispuesto a dárselo todo, cualquier cosa que fuera posible.

Tras un largo silencio, entraron juntos en la choza y él la abrazó, apretándola contra su pecho.

Se quedaron así, saboreando el momento, envueltos en el poderoso calor de sus cuerpos y en el sonido de sus corazones.

Luego, llevaron a cabo su ritual para acostarse. Una vez en la cama, oyendo cómo él se movía al otro lado, Talia se dio cuenta de por qué nunca había querido entregarse a tener una relación. Ninguno de los hombres que había conocido daba la talla. Pero Harres cambiaba su visión de las cosas.

—Es… enorme —dijo Talia.

Harres apretó su duro cuerpo contra ella.

—Sí, lo es —murmuró él.

Acurrucada contra él, Talia recorrió con la mirada el extenso oasis que se abría ante ellos.

Habían tardado cuatro días en recorrer todo el lugar a caballo. En ese momento, desde lo alto de Viento, el caballo blanco que Harres había cabalgado para salvarla, tenía unas vistas magníficas del entorno.

Parecía una explosión de vida en medio de la esterilidad del desierto. Había palmeras de dátiles y miles de olivos, flores silvestres y cactus de gran belleza. Los lugareños cultivaban árboles frutales y verduras. Además, había caballos, camellos, ovejas, cabras, gatos y perros, compartiendo el territorio en libertad con los seres humanos. Los ciervos y los zorros salvajes parecían menos asustadizos que en otros lugares y, en un par de ocasiones, Talia se había podido acercar a ellos.

Talia suspiró, encantada.

–Enorme. Interminable. Parece que no se acaba nunca.

Harres rió, saltó del caballo y alargó las manos para ayudarla a bajar. Con fuerza y destreza, la puso en el suelo, mientras una corriente eléctrica de placer recorría a Talia de arriba abajo.

–Ahora entiendo por qué este lugar tiene un halo místico para la gente de tu país –observó ella.

–Es un paraíso, sobre todo, gracias a sus habitantes. Todo el mundo aquí es amable, sabio y de buen corazón.

Sin embargo, Talia se calló la verdadera razón por la que el sitio le parecía irresistible. La compañía.

Mientras la puesta de sol pintaba con sus bellos colores el paisaje, él la llevó a una cascada de aguas cristalinas, oculta tras un bosque de palmeras. El aire estaba cargado de aroma a flores y a tierra y tenía una temperatura perfecta. Era una especie de microclima, le explicó Harres.

–No me costaría nada quedarme a vivir aquí –comentó ella.

Si Todd estuviera con ella, añadió Talia para sus adentros. O, al menos, fuera de la cárcel.

Harres extendió una alfombra en el suelo y la miró.

–¿No echarías de menos las comodidades del mundo moderno?

Ella se sentó en la alfombra y tomó la cesta de la comida.

–Echaría de menos algunas cosas, como las duchas calientes, Internet… Y seguro que más cosas, pero ahora mismo me he quedado en blanco…

–¿Y la Medicina? –preguntó él, sacando vasos de la cesta.

–Oh, podría practicarla aquí. Seguramente, sería más útil que en una clínica de ciudad remendando a gente que corre demasiado con sus coches.

Harres le llevó un pedazo de melocotón a los labios.

–La simplicidad y la paz que emana este lugar son maravillosas. Si pudiera hacer lo que yo quisiera, haría que éste fuera el ritmo de vida normal y que la velocidad que invade nuestro mundo moderno fuera la excepción.

–Pues será como tú quieres.

Sus palabras eran como una mágica promesa.

Sin embargo, Talia sabía que no podía albergar ninguna esperanza. Demasiados obstáculos se interponían entre ellos.

Ella era una extraña, de otra cultura y otro país, y él era un príncipe con un deber que cumplir. Además, estaba Todd. Ella no tenia ni idea de cómo iba a poder liberarlo sin dañar a la familia de Harres. Incluso, aunque hubiera una manera de hacerlo sin que Harres se convirtiera en su enemigo, era probable que él estuviera destinado a casarse con alguien de su linaje.

Casarse. Por primera vez, Talia fue consciente de

que, en sus fantasías, había acariciado la idea de estar para siempre junto a Harres.

—Ya sabes, llegué a tu país pensando que todos los Aal Shalaan eran unos seres despreciables que se aprovechaban de su riqueza y su poder heredados.

Harres la miró con gesto sombrío, de pronto. Y tomó aliento.

—¿Y qué pensabas de mí?

Talia le debía la verdad, por desagradable que fuera.

—Cuando escuché las historias de tu valor y tus victorias, pensé que eras el más despreciable de todos, por jugar a ser un héroe, cuando eran tus hombres los que hacían el trabajo sucio en realidad —reconoció ella, sonrojándose de vergüenza—. Pensé que se demostraría que no eras tan valiente cuando te quedaras sin tu ejército y sin tus armas ultra modernas.

Él se llevó la mano al corazón.

—Vaya. ¿Y sigues pensándolo?

—Sabes que no.

—Pues dime qué piensas.

Harres la miró con gesto suplicante, como si necesitara saberlo. Talia se quedó sin respiración.

—Sabes cómo eres. Todo tu pueblo te adora. Besan el suelo que pisas.

Él se incorporó despacio.

—Yo nunca hago las cosas para recibir las gracias o la admiración de nadie.

Ella apretó los labios.

—Peor para ti, porque la gente te admira y te está muy agradecida. A juzgar por cómo te tratan los habitantes del desierto, eres casi un dios para ellos. Y no sólo tú, sino toda la familia real. Has hecho mucho por ellos.

–Sólo hago lo que puedo. No me merezco las gracias por hacer mi trabajo, pero sí merecería que me despreciaran si no cumpliera con mi deber.

–Te creo –aceptó ella–. Me di cuenta de cómo te encogías cuando anoche contaban historias de tu valor y tus hazañas. Me consta que no buscas el reconocimiento de nadie.

–No he dicho eso.

A Talia se le hinchó el corazón en el pecho.

–¿Buscas… el mío?

Él asintió con expresión solemne.

–Ansío tu aceptación, tu aprobación.

–Eh… hemos estado juntos las últimas dos semanas, ¿no es así?

Harres se puso de rodillas, junto a ella.

–Necesito escuchártelo decir, *ya nadda jannati*. Sólo me importa lo que tú pienses de mí.

Ella se esforzó en calmar los latidos de su corazón. Él se lo había pedido. ¿Y qué menos podía darle ella que la verdad, cuando le debía la vida?

Así que se la dio.

–Desde el primer momento, me obligaste a cambiar de opinión respecto a ti. Con cada una de tus acciones y tus palabras, me has demostrado que eres todo lo que dicen de ti y más. Sin la protección de tus hombres, has resultado ser lo contrario de lo que pensaba, lleno de recursos y valor. Me has mostrado que te tomas en serio tu deber de proteger a los que lo necesitan, a cualquier precio. Creo que eres único, príncipe Harres Aal Shalaan.

Los ojos de él se encendieron tanto que ella creyó que iba a estallar en llamas. Entonces, él le tomó la mano y se la llevó a la cara durante un momento.

–Tu opinión me honra –musitó él–. Siempre me esforzaré por merecer tus palabras.

Desde ese momento, la atmósfera entre ellos se cargó de emoción.

Como si lo hubieran acordado, apenas hablaron durante la comida. Ella agradecía el silencio. Le daba la posibilidad de lidiar con sus sentimientos y de reconocer ante sí misma algunas verdades más.

Tal vez, algunos Aal Shalaan no habían titubeado en destruir a su hermano Todd para conseguir sus fines, pero ella no podía seguir metiendo a toda la familia en el mismo saco. Y, del mismo modo que no sabía quién era el culpable directo del encarcelamiento de Todd, sabía que la historia podía tener más versiones de las que había anticipado.

Pronto, empezó a hacer frío y volvieron a caballo al oasis, bajo la luz de la luna llena.

Dentro, se turnaron para bañarse.

–Cuando creí que iba a morir, decidí algo –afirmó Talia cuando él salió del baño.

La sonrisa de Harres se desvaneció.

–No vuelvas a hablar de morirte. Ni quiera lo pienses.

–Tengo que decirte algo –continuó ella–. Cuando pensé que iba a morir, pensé que si tuviera la oportunidad de volver a vivir, haría lo que de veras quería hacer, sin pensar en los obstáculos o en las consecuencias. Entonces, cuando me salvaste y me recuperé, me acobardé.

Harres se quedó callado, mirándola con gesto serio.

Ella sabía que no iba a llegar a ninguna parte, pero necesitaba decírselo.

Lo amaba. Su amor, nacido en medio del peligro y alimentado por su confianza mutua, la invadía. Y no quería seguir conteniéndose. Necesitaba expresarle lo que sentía.

Talia se levantó con paso tembloroso, invadida por sus apasionados sentimientos. Se detuvo delante de él, se sumergió en sus ojos. Y dio el salto.

–Una vez, me dijiste que no harías nada que yo no quisiera. Pues te ruego que lo hagas. Te deseo, Harres.

Capítulo Diez

Ella era la tentación en persona.

Esa mujer había invadido todo su ser, ocupaba su mente y su corazón, había conquistado su razón y sus prioridades.

Talia estaba parada delante de él, ofreciéndose por completo. Él podía sentir la totalidad de su oferta. No era sólo su cuerpo. Ella le estaba entregando todo lo que tenía, todo lo que era.

Y, si Harres daba el paso, sabía que tomaría todo lo que ella le estaba ofreciendo.

¿Pero cómo iba a hacerlo, cuando él no sabía si podía corresponderla?

Él ya era suyo. Desde la primera noche que habían pasado en el desierto juntos.

Después de sólo una semana, incluso con el obstáculo del idioma, se había convertido en la favorita de los habitantes de aquel lugar.

El día después del banquete, ella había montado una clínica improvisada y había ofrecido sus servicios a la gente. Él había pensado que aquellas personas, que confiaban en la medicina tradicional, recelarían, pero al final del primer día la habían llamado para asistir un parto difícil y ella había salvado a la madre y a sus gemelos.

Entonces, se había convertido en una leyenda. La gente había acudido en tropel a su consulta. Pero Talia no sólo sabía curar, también era una guerrera y una protectora, igual que él. Compartía sus principios y su forma de ver la vida. Harres quería y necesitaba compartir su ser con ella, durante el resto de su vida. Lo tenía muy claro. Harres, el hombre, era suyo. Para siempre.

Y, aunque Harres el príncipe sentía que su lealtad estaba dividida, eso no le impedía proclamar su amor, su devoción. Aunque había algo que sí se lo impedía: la enemistad de Talia hacia su familia. Si lo que ella le había contado era verdad, Talia tenía razones de sobra para querer llevar a su familia ante la justicia. ¿Qué pasaría si él no podía conseguir que su hermano fuera liberado? ¿Cómo podía dar el paso de poseerla, cuando no podía prometerle que le daría a su hermano a cambio?

Un remolino de sentimientos contradictorios le encogía el corazón.

Entonces, Talia cerró los ojos con la barbilla temblorosa y dos lágrimas cristalinas le cayeron por las mejillas.

A continuación, cuando levantó la vista hacia él, Harres se quedó petrificado.

–Pensé que tú también me deseabas…

Harres no podía soportarlo. Al diablo con los obstáculos que los separaban. Los superaría como fuera.

Con un sollozo, Talia comenzó a darse la vuelta. Él le agarró la mano y se la llevó al pecho. Su corazón se aceleró al sentir su contacto.

A ella le tembló la mano.

—Olvida lo que he dicho —pidió ella—. Te he puesto en un compromiso, con todas las cosas que hay aún por resolver. Lo más probable es que hayas estado coqueteando conmigo sin ninguna intención de llegar más lejos y entiendo tus motivos, de verdad...

—Oh, cállate.

Ella se quedó boquiabierta, con los ojos como platos, esos ojos del mismo tono azul del cielo, resaltados por el bronceado color miel de su rostro.

Harres la miró de arriba abajo. Ella llevaba un vestido precioso del mismo color de sus ojos. Era una túnica amplia, hasta el suelo, que nadie habría considerado sexy. Sin embargo, Talia hacía que pareciera la más erótica indumentaria.

Ella bajó la vista, pero él se lo permitió, capturándole la barbilla con una mano.

—¿Puedes escucharme, *ya nadda jannati*? —pidió él y esperó a que ella levantara los ojos hacia él y asintiera—. En primer lugar, sí, hay asuntos importantes que están por resolver.

Talia soltó un grito sofocado e intentó soltarse, pero él la sostuvo, hasta que ella se rindió.

—Pero no por lo que me mí respecta. Una vez, mi padre me dijo que un hombre merece poseer una certeza en la vida. Y depende de él elegirla y dejar que bendiga su existencia. Él malgastó la suya, por razones que le parecieron imperativas en su momento. Mi hermano menor Shaheen ha encontrado su certeza y, tras aprender del error de nuestro padre, ha hecho todo lo que ha estado en su mano para no dejarla escapar. Yo pensé que mi certeza era que nunca podría disfrutar de la perfección de amor. Lo había asumido. Al menos, hasta que te encontré a ti. Por eso, Talia, no te deseo.

Con ojos húmedos por la emoción, Talia lo observó confundida.

Ella intentó zafarse y apartarse.

—*Ana ahbbek, aashagek ya talyeti, ya noor donyeti* —susurró él, acallándola, y se lo tradujo a continuación—: Te amo, te adoro y más que eso, mi Talia, mi luz.

Ella se quedó paralizada. Dejó de temblar. Se quedó sin respiración.

Entonces, negó con la cabeza.

—Yo… yo no… No tienes por qué decirme eso… Yo sólo quería estar contigo mientras pueda… así que no… no…

Harres se apretó contra ella, tomándola de las caderas y levantándola del suelo.

—Cada vez se me da mejor hacer que te calles y me escuches. Y sí, *ya talyeti*, tengo que decirte esto, porque es lo que siento.

Talia se retorció entre sus brazos, hasta que él volvió a bajarla. Él sonrió lleno de amor pero, al ver que ella seguía observándolo con una pesada sombra de duda, su certeza se tambaleó.

¿Serían sus sentimientos correspondidos?, se preguntó Harres de pronto. Tal vez, ella sólo se estaba dejando llevar por el deseo que había hervido entre ellos desde el principio. ¿Pero era eso todo?

La duda se le hizo insoportable y Harres dio un paso atrás.

–Si no me correspondes, vete y olvidaremos todo lo que te he dicho.

Con su confianza hecha pedazos, Harres se quedó en blanco, temiendo seguir albergando ninguna esperanza.

–¿No vas a aceptar mi oferta? –preguntó ella con voz ronca y sensual.

–No, si no sientes lo mismo que yo.

De pronto, Harres leyó en sus ojos algo que nunca había esperado. Una mirada de hambrienta seducción, tan caliente y tan erótica, que la sangre le rugió en las venas.

Su erección no se hizo esperar.

–¿Seguro que no puedo hacerte cambiar de idea? –le susurró ella, pegándose a su cuello, antes de morderle con suavidad en la mandíbula.

–Talia… –intentó protestar él, agonizando de deseo ante su provocación y sintiendo cómo todo el cuerpo se le ponía duro como la piedra.

Antes de que Harres pudiera apartarse, Talia le enredó las manos en el pelo y le obligó a inclinar la cabeza hacia ella.

Él sabía que, si la besaba, no podría parar.

Con un supremo esfuerzo de voluntad, Harres apartó la cabeza, mientras ella le rozaba la mejilla con labios húmedos, abiertos, hambrientos.

Talia le tiró del pelo y lo besó, paralizándolo con su pasión, su suavidad y su sabor.

–Pensé que era imposible amarte más. Pero acabas de conseguirlo –gimió ella en su boca.

Él dio un respingo hacia atrás, ella lo agarró.

–¿Me amas? –preguntó él, casi con un gemido.

Ella le mordisqueó la mandíbula, haciendo que un millón de bombas de placer explotaran en sus venas.

–Con toda mi alma. Te amo hasta tu última célula.

De pronto, al digerir sus palabras, Harres se llenó de júbilo.

La abrazó, levantándola del suelo.

–He oído decir que tienes todo un harén a tu disposición…

Harres la dejó en el suelo y le tomó el rostro entre las manos.

–Sólo hay una mujer para mí. Tú.

Talia asintió, inundándolo con el calor de su amor. Y lo creyó.

Harres también creyó lo que ella le decía. Era suya por completo.

Él se inclinó, inspiró el aroma de sus labios y la besó. Sintió cómo la pasión se arremolinaba en su interior, llenándolo de magia. Y amor. Y más. Adoración.

–*Yalyeti, enti elli, wana elek* –gimió él en su boca, entre besos y lametones–. Eres mía. Y yo soy tuyo.

–Sí, sí… –musitó ella, mordisqueándole los labios–. ¿Cómo se dice mi Harres?

–*Harresi.*

–*Harresi.* Mi caballero protector.

Así se sentía él. Suyo.

Entonces, Harres se hincó de rodillas delante de ella, le agarró del vestido y se lo levantó un poco, cubriéndola de besos, recorriéndole la dulce piel de mordiscos y lametones. La respiración de ella se convirtió en gemidos y, enseguida, en jadeos.

Cuando Harres ya no pudo soportarlo más, se puso en pie de un salto, desnudándola. Talia extendió los brazos, ansiosa por rendirse a su pasión. Él terminó de quitarle el vestido, pero, antes de poder dar un paso atrás para deleitarse con la belleza, ella empezó a despojarle de sus ropas con la misma vehemencia.

Lo devoró con gula, hundiendo los dientes en su piel con delicados mordiscos, provocándolo, excitándolo.

—Sabes a gloria —susurró ella—. Quiero más de ti, te quiero entero.

Harres rugió de deseo, sintiendo que la presión de su erección era casi insoportable. Tuvo que pararla, pues quería que su primera vez fuera más despacio. Quería que su primer contacto íntimo fuera perfecto. Quería demostrarle que ansiaba su cuerpo con ternura y que el mayor placer al que aspiraba era darle placer a ella.

Apartándose un poco, Harres se quedó mirándola. Cautivado.

La estaba devorando con los ojos.

Su piel era dorada, firme y reluciente, sus pechos turgentes y exuberantes, sus muslos y caderas bien formados y firmes.

Harres no podía seguir mirando nada más, necesitaba sumergirse en tanta belleza.

Sin poder resistirse, Harres se inclinó para saborear sus pezones, lamiéndolos y mordisqueándolos.

–*Elahati*, mi diosa –susurró él, tomándola en sus brazos para llevarla a la cama. La tumbó con sumo cuidado, colocándole brazos y piernas como si fueran pétalos de una flor–. Tomaremos el sol desnudos a partir de ahora. Quiero liberar a tu leona interior. Haremos todo lo que se nos antoje… cualquier cosa.

Las mejillas de ella se llenaron de color y sus ojos se tornaron casi negros de deseo.

–Sí… por favor… todo… cualquier cosa.

Su deseo y su confianza le llegaron a Harres al corazón y comenzó a tocarla en su parte más íntima, hundiendo los dedos en sus firmes carnes.

Ella gimió, presa del placer.

–Harres, tómame… *daheenah*.

Al escucharla decir «ahora» en su lengua natal, la mente de Harres dejó de funcionar y todo su cuerpo se rindió al deseo que lo invadía.

Con un gemido de ansiedad, le quitó a Talia las medias, dejando al descubierto sus piernas de seda. Y se bajó los pantalones, lo suficiente para liberar una poderosa erección, más dura que una roca.

Al ver la mirada hambrienta de ella, Harres quiso penetrarla, hundirse en su carne hasta hacerla llorar de placer y disolverse juntos en una sola unidad.

Sintiendo que el mundo desaparecía a su alrededor, él le separó los muslos. Ella se arqueó y se retorció, intentando atraerlo a su interior.

Pero Harres se apartó un momento, tratando de no dejarse llevar. Podía lastimarla. Aunque sabía que, también, le daría placer, tenía que controlarse.

Harres le separó los pliegues y le acarició su parte

más íntima, pero no la penetró como ella tanto ansiaba. La fue frotando con suavidad, hasta hacerla sollozar de gozo, alternando caricias circulares y penetraciones poco profundas, una y otra vez.

Talia se incorporó en los codos, con los labios entreabiertos con pequeños gritos sofocados y una mirada salvaje e invitadora de cualquier cosa que él quisiera hacerle.

Entonces, él apretó el ritmo, hasta que ella cayó de espaldas de nuevo en la cama, con las piernas temblándole y la espalda arqueada, mecida por las convulsiones del orgasmo.

Viéndola entregada a los brazos del placer, Harres se llenó de orgullo, de alivio y de las incontrolables ganas de poseerla. Sabía que se había hecho adicto a ella y quería hacerla gozar de nuevo.

Él le acarició la carne hinchada, calmándola, bajo la mirada de ella, empañada por la satisfacción y, al mismo tiempo, el deseo de más. Enseguida, sus gemidos se convirtieron en una plegaria, una letanía.

–No, no… no sigas… Tómame…

–Te tomaré, te pondré mi sello y serás mía para siempre. Te llenaré de placer, hasta que llores de satisfacción, *ya talyeti*.

Harres se puso de rodillas, se quitó los pantalones de todos, le agarró de los glúteos, le separó las piernas y comenzó a invadirla…

Con gemido de rendición, Harres la penetró, con una sola embestida, sumergiéndose en su vientre.

Sus bocas se entrelazaron en un baile de gemidos y besos. El placer era casi insoportable.

Talia lo tenía preso con su líquida y caliente feminidad, con sus delirantes gemidos, con las uñas en sus glúteos. Y, cuando él la miró a los ojos, vio en ellos todo lo que quería de la vida.

Los gritos de placer de ella fueron creciendo, junto con las arremetidas de él, hasta convertirse en torturados gemidos. Entonces, Talia se estremeció como si un terremoto hubiera estallado en su interior, gritando el nombre de él, los ojos desbordados de tanta felicidad.

Pronunciando el nombre de ella, Harres también llegó al clímax, por primera vez fue un éxtasis profundo y sincero, abrumador por su magnitud y su profundidad.

Sin embargo, mientras los brazos de ella lo acogían, en vez de sentirse saciado, Harres estaba más hambriento, más excitado que antes.

Pero tenía que darle a Talia tiempo para recuperarse, pensó.

Así que intentó salir de su interior.

Talia se lo impidió, rodeándolo con sus piernas, abrazándolo.

–Habrá más y más, pronto, y siempre –susurró él en la boca de ella–. Ahora, descansa.

Ella acercó las caderas para tenerlo más dentro.

–Sólo descansaré si te quedas dentro. Nunca me saciaré de ti, *ya harresi.*

–Ni yo tampoco de ti… nunca –prometió él y gimió al sentir cómo ella lo envolvía con su calor–. Torturadora –bromeó–. Pero tienes que esperar. Yo también voy a torturarte de placer, ya lo verás.

Como respuesta a su erótica amenaza, Talia le rodeó el cuello con los brazos y apretó sus pechos contra el torso de él, provocándolo.

Todavía tembloroso después del éxtasis, él la hizo tumbarse a su lado.

–Dame tus labios, *ya talyeti*… –pidió él.

Talia lo llenó de pasión y vida con su boca. Y no tardó en quedarse dormida.

Sólo entonces, Harres la soltó. Y, por primera vez desde que la había rescatado, se entregó al sueño sin reservas.

Quería estar tumbada con él para siempre.

Esa mañana, se apoyó sobre un codo, para deleitarse con su belleza.

Era increíble. No había forma de describir a un hombre tan maravilloso, pensó Talia, sumergiéndose en su aroma.

–*Ahebbek* –murmuró él, sonriendo, con los ojos cerrados.

«Te amo». Talia lo besó como respuesta. Al momento, él se dio la vuelta, con una poderosa erección, le devolvió el beso y la tomó otra vez.

–*Ahebbek* –gimió ella, llena de amor y de placer, mientras él la penetraba.

Su deseo siempre era demasiado urgente, pero les bastaban un par de arremetidas para acabar estremeciéndose en el clímax, saciados.

–*Aashagek* –dijo él con un suspiro de satisfacción.

Harres le había explicado en otra ocasión lo que

significaba. Era un concepto demasiado complejo, sin equivalente en español. Era más amplio que el concepto de amor y demasiado carnal para traducirse como adoración.

–*Wana aashagek* –repuso ella y se incorporó para mirarlo–. Quiero saberlo todo –pidió, sabiendo que se exponía a que aquella petición rompiera la magia entre ellos.

Harres se puso rígido, se desenredó de su abrazo y se sentó. Ella frunció el ceño, asustada.

–Este tiempo nos pertenece, *ya nadda jannati.* No dejaré que nada ni nadie se interponga. Tendremos mucho tiempo para hablar de lo que quieras cuando volvamos al mundo. Ahora sólo tú y yo importamos, *ya malekat galbi.*

Talia se estremeció, acababa de llamarla dueña de su corazón. Y, por el momento, ella estaba segura de que lo era.

También, estaba segura de que eso no importaría.

Cuando volvieran al mundo real, tendrían que separarse.

Sólo le quedaba una cosa por hacer. Aferrarse a él durante el tiempo que les quedara juntos. Y decirle lo que necesitaba saber.

–Tengo que contarte algo.

Harres la miró un momento, transmitiéndole su aversión a cualquier tema de conversación que los sacara de su paraíso dorado. Pero, al fin, cerró los ojos, asintiendo.

–Hace un mes, me llegó una carta. Iba dirigida a Todd –explicó Talia–. Algo me hizo abrir ese sobre.

Dos razones. La primera, que sospeché que eran malas noticias y quise intentar solucionarlo antes de comunicárselas a mi hermano. La segunda, que tenía sellos de Zohaydan.

Los ojos de Harres se oscurecieron. Con un gesto de la cabeza, le indicó a ella que continuara.

–Yo no sabía qué esperar, pero su contenido me sorprendió de todos modos –recordó ella y se estremeció–. El autor decía que sabía quién había sido el culpable de que incriminaran a Todd y que tenía pruebas de que mi hermano era inocente. En la carta, le pedía a Todd que fuera a Zohayd para recibir más información. Decía que había mucho en juego y que necesitaba la ayuda de un extranjero para exponer los crímenes de la familia real. ¿Y quién mejor que alguien a quien había hecho daño? –prosiguió–. Unas doce veces después de leer la carta, comprendí que su autor desconocía que Todd no podía hacer lo que le pedía. La misiva incluía una dirección de correo electrónico y escribí un mensaje explicándoles la situación y aceptando la misión en el lugar de Todd. Sin embargo, justo antes de enviarlo, me lo pensé mejor y me di cuenta de que, por lo poco que yo sabía sobre tu país, no era probable que quisieran hacer tratos con una mujer. Además, una mujer extranjera llamaría demasiado la atención. Por eso, me forjé un plan –señaló–. Si esa persona no sabía que Todd estaba en la cárcel, yo podía hacerme pasar por él. Me hice una nueva cuenta de correo con el nombre de Todd y escribí al desconocido aceptando su propuesta. Me respondió una hora después. Lo único que tenía que hacer era comprar un billete de avión a cualquier parte del mundo para atravesar las puertas de salidas del aeropuerto. Allí, alguien se reuniría conmigo para llevarme a un vuelo privado, para que pudiera entrar en el país sin dejar huellas. Eso me preocupó un poco, pero acepté de todos modos. Pensé que, si me veía en apuros, siempre podía acudir a la embajada americana. Ellos me trajeron aquí. Les pedí la información por la que había venido, pero mi contacto me dijo que era algo más grande de lo que yo pensaba y que mis problemas sólo eran una parte de ello. Me dijo que con mi ayuda podrían derrocar a los Aal Shalaan. Me habló de las joyas robadas del trono de Zohayd y de las consecuencias que eso tendría para el monarca. Le pregunté cómo podía eso ayudar a mi causa y sólo respondió que yo era listo y ya se me ocurriría una forma de utilizar la información en mi provecho. Cuando yo iba a protestar, me dijo que tenía que irse, pero que me llamaría después para darme más información –explicó–. Le mandé un correo electrónico a Mark Gibson, el abogado de Todd y amigo nuestro desde la infancia, para pedirle su opinión. No le especifiqué lo que mi contacto me había dicho, sólo le dije que poseía información que podía derrocar a la monarquía de Zohayd. Dos horas después, me raptaron. Lo siguiente que recuerdo es que me desperté en ese agujerucho en medio del desierto. El resto, ya lo sabes.

Talia se quedó en silencio. Y se dio cuenta de que le corrían lágrimas por las mejillas. Al recordar aquellos sucesos, su corazón se había llenado de angustia y de desesperanza, no sólo por Todd, sino por lo que el futuro les depararía a Harres y a ella.

La mirada sombría de Harres era lo bastante elocuente. No dijo nada, sólo la tomó entre sus brazos.

El miedo de que su tiempo juntos estuviera a punto de acabarse hizo que su deseo fuera más explosivo y su pasión casi violenta.

Después, Talia se quedó acurrucada a su lado. Él fingía estar dormido. Ella sabía que no lo estaba.

Ella tampoco podía dormir. Y se preguntó si, cuando lo hubiera perdido, podría volver a dormir de nuevo.

La noche avanzó en medio del frío del desierto.

Talia se había quedado dormida y Harres se había apartado de su lado y había salido de la choza a respirar un poco de aire fresco. Sin embargo, seguía sintiéndose sofocado.

Miró a las estrellas. Los ojos se le fueron humedeciendo de frustración y desesperación. Lo que más le dolía a Harres era no poder consolarla. No podía prometerle que todo fuera a salir bien. No podía darle falsas esperanzas.

Haría lo que fuera para que ella fuera feliz, pensó Harres. Pero, hasta que lo consiguiera, debía permanecer en silencio. Y amarla con toda su alma.

Lo que más temía era que Talia tuviera que ponerse en situación de elegir entre su hermano y él.

No podría soportar perderla. No podría sobrevivir sin ella.

Capítulo Once

Talia se despertó todavía con el dulce sabor de boca de la última vez que habían hecho el amor.

Se estiró, gimiendo al recordar. Él había cumplido su promesa de volverla loca de placer.

Harres no estaba allí, pero volvería en cualquier momento, pensó ella.

Talia se levantó, se lavó. Justo cuanto terminó, escuchó el sonido de las pezuñas de Viento, el caballo blanco de Harres, en la parte trasera de la choza.

Ella corrió a la puerta y, en cuanto salió, la sorprendió en el cielo una estrella fugaz. El meteorito pasó brillando y se desvaneció.

Igual que su tiempo juntos.

Pero ninguno de los dos se comportaba como si aquello fuera a acabarse. Actuaban como si fuera para siempre.

Harres dio la vuelta a la choza, se acercó a ella con su seductora sonrisa. Ella corrió a él y él la subió a la grupa de su caballo, envolviéndola con su cálido y fuerte cuerpo.

Después de trotar un rato juntos, Talia suspiró, acurrucándose en los protectores brazos de su caballero.

–He llegado a una conclusión –anunció ella.

Harres la besó en la cabeza y esperó a que ella hablara.

–Que me raptaran ha sido lo mejor que me ha pasado jamás.

Él rió y la abrazó con fuerza.

–Qué coincidencia, resulta que también es lo mejor que me ha pasado a mí.

Talia suspiró, sabiendo que él era sincero, y se pegó más a él, inspirando su aroma, mezclado con el del hermoso paisaje.

–¿Crees que algún día podré montar mi propio caballo? –bromeó ella.

–No me gusta verte en peligro.

–¿Qué peligro? Los caballos son muy comprensivos con los extranjeros, igual que todos los habitantes de por aquí.

–Entonces, lo que pasa es que prefiero tenerte entre mis brazos todo el tiempo posible… –repuso él, gimió y se corrigió–. Quiero decir tenerte entre mis brazos en cualquier oportunidad que tenga.

Ella sabía que Harres debía de estar reprendiéndose a sí mismo por aquel desliz en sus palabras, por haber insinuado que su tiempo juntos iba a llegar a un fin.

–Una causa noble –comentó ella, cambiando de tema, sin dejar de temblar por dentro.

Harres la abrazó con fuerza y exhaló, como si quisiera darle las gracias por haber evitado el tema espinoso.

–La más noble. Me he hecho adicto a tenerte así abrazada, cada vez que monto a caballo por el oasis.

–*Buttuli* –dijo ella y lo miró a los ojos, captando su tristeza.

Al instante, la mirada de él se llenó de ternura.

¿Qué sentido tenía preocuparse por el futuro, en vez de disfrutar de la felicidad del presente?, se preguntó ella.

Talia le acarició el vello del pecho. Él ya no llevaba una venda, sino una túnica entreabierta en el torso. Y ella aprovechaba cualquier oportunidad para palpar su cuerpo escultural.

–Harres…

–Sí, Talia, di mi nombre así, como si no pudieras seguir viviendo sin tenerme dentro de ti. Así estaré, aquí y ahora.

Talia se quedó petrificada de excitación al imaginarlo llevando a cabo sus palabras. Y no sólo porque era una fantasía que sabía que no podían realizar. Estaba al aire libre y la gente de oasis podía verlos a los lejos.

Ella pensó que él sólo quería provocarla y que esperaría a estar a cubierto, más cobijados. Sin embargo, Harres la levantó, le levantó el borde del vestido y se lo colocó sobre el regazo.

Entonces, mientras sujetaba la brida con una mano, él deslizó la otra por debajo del cuello de su vestido, buscando sus pechos. Talia se incendió cuando él empezó a acariciarle los pezones y cuando la mordió en la nuca.

Talia se recostó sobre él con los muslos abiertos, húmeda.

–¿Sabes lo que tu olor me provoca? –le susurró él

al oído, metiendo las manos dentro de las braguitas de ella, tocando su parte más íntima, que latía y se hinchaba a cada momento–. Quiero saborearte de nuevo, pero tendré que conformarme con sentir tu calor y tu carne de satén mientras se derrite por mí. Demuéstrame cuánto deseas que te toque, *ya talyeti*.

Sin preocuparse porque pudieran verlos, Talia se apoyó contra él, abriendo más los muslos, dándole acceso libre.

–Me vuelve loca todo lo que me haces. Tócame, hazme todo lo que quieras.

Con un masculino gemido, Harres hundió un dedo entre su sexo mojado, penetrándola, proporcionándole el más delicioso de los placeres. Ella se retorció, gimió, giró el rostro para mirarlo. Él introdujo la lengua en su boca y añadió el dedo pulgar a sus caricias. Mientras ella se derretía, le acarició su punto más sensible, hasta que el clímax la recorrió de arriba abajo.

–Darte placer es la experiencia más maravillosa que he vivido jamás –musitó él, mientras seguía tocándola con sus dedos, cambiando el ritmo y la dirección de sus caricias hasta hacerla gemir de gozo de nuevo.

Cuando Talia le suplicó que la poseyera, sintió cómo él liberaba su erección, que le golpeó en las nalgas.

–Levántate como te enseñé a hacer para trotar –le susurró él al oído.

Iba a tomarla allí, en ese momento. Sólo de pensarlo, Talia estuvo a punto de llegar al orgasmo.

Ella se levantó y él se colocó en la entrada de su cuerpo.

–Siéntate sobre mí –pidió él.

Talia obedeció y él la penetró en profundidad. Ella nunca llegaba a acostumbrarse a lo largo y grueso de su erección, sintiéndose como si, cada vez, la llenara más que la anterior.

La sensación de ocupación total de su cuerpo era tan deliciosa que Talia se retorció de placer. No tardó más de cuatro o cinco trotes del caballo en llegar a las puertas del orgasmo, sintiéndose poseída hasta lo más hondo.

–Móntame… móntame… –murmuró ella, sin poder pensar en nada más. Necesitaba que él la llevara al clímax, antes de que alguien pudiera verlos.

Pero Harres parecía no tener prisa y no paraba de decir cosas que a ella le estaban haciendo perder la cordura.

–Llenarte así, estar dentro de ti, es lo único que quiero… Quiero estar en mi hogar, dentro de ti, dándote placer, siempre…

–Por favor –rugió ella.

Entonces, Talia sintió que él crecía en su interior. Ella se retorció, gimió y él espoleó al caballo, poniéndolo a galope. Justo cuando ella pensaba que iba a perder la consciencia, él comenzó a masajearle el clítoris en círculos, mordiéndole el cuello al mismo tiempo, gimiendo. Y ella explotó.

Entonces, él también se dejó ir, llenándola con su semilla. Al sentirlo, ella volvió a estremecerse.

Al abrir los ojos, Talia se dio cuenta de que habían

llegado al refugio de la cascada. Harres seguía dentro de ella y su placer se había sosegado, convirtiéndose en un flujo continuo de satisfacción.

—Deberías haberme dicho que, además de volverme loca, ibas a dejarme sin conocimiento —bromeó ella.

Él soltó una sonora carcajada.

—Estoy aquí para complacerte.

Harres se apartó, se colocó las ropas y saltó del caballo. Luego, le tendió las manos para ayudarla a bajar.

—Nadie nos ha visto. Esperemos tener la misma suerte la próxima vez —dijo él con una sonrisa traviesa.

No hubo próxima vez.

El sol casi se había puesto cuando, al día siguiente, Talia escuchó un sonido inconfundible. Un helicóptero.

Los hombres de Harres habían ido a buscarlo.

Su idilio había terminado.

Harres se giró hacia ella, su mirada llena de los mismos pensamientos. Pero intentó sonreír.

—Llegarán en unos minutos. ¿Quieres que nos vayamos de inmediato?

Ella no quería irse en absoluto.

—Sí.

Él asintió.

—Recojamos las cosas que nos ha dado la gente del oasis.

–Me gustaría tener también algo que darles a ellos –señaló ella.

–Ya lo has hecho. Muchos me han dicho que has sido una bendición para ellos –aseguró Harres–. Además, podrás traerles lo que quieras en otra ocasión.

Ella soltó un grito sofocado.

–Volveremos aquí, *ya nadda jannati*. Te lo prometo.

Quince minutos después, Talia estaba parada con Harres a unos metros de donde el helicóptero acababa de aterrizar.

Cuatro hombres saltaron de la nave, caminaron hacia ellos con paso firme y seguro.

Al verlos, a Talia no le cupo duda de que eran de la familia de Harres. Como él, parecían seres sobrenaturales.

Los hombres tenían rasgos en común, que dejaban claro que eran familia, y al mismo tiempo cada uno era diferente.

Pero fue el piloto quien más llamó la atención de Talia. Y no fue porque lo reconociera como el príncipe heredero de Zohayd.

Amjad Aal Shalaan tenía un aura de poder que cualquiera podía percibir. A Talia le recordaba a una majestuosa pantera negra, siempre dispuesta para el ataque, con sus insondables ojos color esmeralda. Y esos ojos estaban clavados en ella. Al instante, Amjad miró a su hermano.

Sin embargo, su breve mirada le bastó a Talia para

comprender que no tenía nada que ver con Harres. Su cuerpo perfecto albergaba a un hombre sin piedad y sin corazón.

Durante los siguientes minutos, Talia observó cómo los hombres saludaban a Harres con afecto y alivio. Todos, menos Amjad, que se quedó atrás, con los ojos fijos en ella.

Talia sintió cómo la taladraba con la mirada.

Harres le presentó a sus primos Munsoor, Yazeed y Mohab, el prometido de Ghada, quienes le habían ayudado en el rescate. Los tres le estrecharon la mano y la saludaron con cortesía. Intercambiaron con Harres docenas de preguntas e informes sobre lo que había pasado desde que se habían separado hacía veinte días.

—Basta de charla —interrumpió Amjad de forma abrupta—. Podréis poneros al día más tarde —añadió, y miró a Harres—. Después de que Shaheen me hiciera remover cielo y tierra para encontrarte, no ha querido perder ni un minuto más lejos de su prometida y ha preferido volver con ella en vez de venir a recogerte. Te manda su amor —señaló con tono irónico.

Harres hizo una mueca burlona.

—¿Has removido cielo y tierra por mí? Me conmueves, hermano. Espero que lo hayas dejado luego todo como estaba.

Amjad le dedicó una mirada severa y sarcástica. Talia estaba segura de que otro hombre de menos entereza que Harres se habría encogido ante ella.

—Son gajes del oficio de hermano mayor —repuso el príncipe heredero—. Además, no podía dejarte perdido en el desierto con información vital para mí, ¿verdad? Podrás recomponer las cosas tú mismo luego. De eso se encargan los hermanos pequeños, de arreglar y recoger después de jugar.

Talia se quedó boquiabierta. Harres la abrazó.

Amjad se fijó en lo unidos que parecían Harres y ella.

Entonces, miró al cielo con gesto de desesperación y se dirigió a Harres.

—No, también tú, no.

Harres rió.

—Sí, yo, también. Y digo lo mismo que Shaheen. Estoy deseando que te unas al club.

Amjad hizo un gesto de desprecio con la mano y se giró hacia Talia.

—¿Y qué tiene ella que no tengan el resto de las mujeres? Ya que te has acostado con casi todas, me interesaría saber qué cualidades especiales tiene ésta para haberte hecho perder la cordura.

Harres agarró a su hermano del hombro y se señaló a los ojos con dos dedos.

—Si quieres hablar conmigo, estoy aquí, Amjad.

Amjad lo ignoró y continuó mirándola y hablando de ella, pero no con ella.

—La forma en que me devuelve la mirada… es fascinante. No tiene miedo, ¿verdad? ¿O es tan lista que sabe que ser valiente es la forma de conquistarte?

En esa ocasión, Harres casi le dio un puñetazo a su hermano.

—Deja de entrometerte, Amjad, o te haré morder el polvo.

Amjad esbozó una maliciosa sonrisa y su mirada se tornó todavía más provocativa, mientras seguía con los ojos puestos en Talia.

—Primero, dejas que Shaheen se zambulla en los brazos de Johara sin hacer nada para impedírselo y, ahora, estás ansioso por entrar a formar parte del grupo de hombres enganchados a una mujer. ¿También ella está embarazada? Al menos, ¿sirve para... —comenzó a preguntar Amjad, e hizo una pausa para dar tiempo a que sus palabras dieran a entender otra cosa—... proporcionarnos información interesante?

De acuerdo, pensó Talia. Ese tipo era el hombre más odioso que había conocido.

Los otros tres hombres se habían ido al helicóptero a prepararlo para el vuelo de regreso. Y, sin duda, para darle la oportunidad a sus hermanos de decirse lo que se tuvieran que decir.

Aunque Amjad tenía un tamaño formidable, Harres estaba, sin duda, más en forma y sería quien ganaría en una pelea. Siempre y cuando Amjad no jugara sucio. Y Talia estaba segura de que sí lo haría.

Sin soltar a Talia de la mano, Harres habló con la misma calma letal que Amjad.

—Sólo te lo diré una vez, Amjad. Talia es mi mujer, mi princesa. Le debo la vida y, a partir de ahora, no concibo la vida sin ella —continuó él—. Acéptalo. Por las buenas o por las malas.

De pronto, Amjad le habló a Talia.

—¿Lo ves? Tu hombre, tu príncipe, me amenaza, incluso diría que emplea la violencia física. Oh, oh. No tiene mucho futuro como pareja, ¿no te parece, doctora? –se burló Amjad y, luego, posó los ojos en Harres–. Tenía muchas esperanzas puestas en ti. Pero haz lo que quieras. Malgasta toda su vida en la imbecilidad y en la servidumbre emocional.

Antes de que Talia pudiera, al fin, dejarle las cosas claras y antes de que Harres pudiera defenderse, Amjad se dio media vuelta, saludó con la mano a la gente del oasis que había ido a despedirse y regresó a la nave.

Poco después, mientras Talia abrazaba a todo el mundo con lágrimas en los ojos, junto a Harres, prometiéndoles volver, Amjad fue tan impertinente como para tocar la sirena del helicóptero, metiéndoles prisa.

El regreso de Talia a la capital fue lo opuesto a su salida de ella.

Volver en el helicóptero real, rodeada de príncipes, era algo que nunca hubiera imaginado cuando la habían secuestrado hacía veinte días. Pero estar junto a Harres mientras se acercaban al mundo real le hizo darse cuenta de la profundidad de los momentos que habían compartido durante ese tiempo.

Después de aterrizar en el helipuerto privado de la casa real, Talia se cambió, poniéndose la ropa que Harres le había hecho llevar. Él también se cambió y, a continuación, fueron llevados a palacio en dos limusinas separadas.

Harres le dijo que no podían permitirse que se supiera que estaban juntos. Aparte de los que conocían la verdad, todos creían que había estado fuera en una de sus misiones habituales. Pero los traidores de palacio sí sabrían en qué había consistido esa misión. Si lo veían con él, adivinarían su verdadera identidad. Por eso, ella llegó a palacio en calidad de amiga de Laylah, prima de Harres. Después, fingirían empezar a salir y a todo el mundo le parecería comprensible que se sintiera atraído por su belleza rubia.

Talia le había dicho que pensaba volver a contactar con su informante para conseguir el resto de la información que le había prometido. Sin embargo, Harres se lo había prohibido. No podía arriesgarse a que ella corriera peligro, ni siquiera por salvar a su país del caos. Él le había contestado que encontraría otra manera de descubrir la verdad.

Entonces, reticente a separarse de ella, Harres se fue a atender sus asuntos, no sin antes darle un teléfono móvil para que pudieran llamarse hasta que fuera posible empezar a verse de nuevo. Algo que él pretendía que ocurriera cuanto antes.

Al llegar al palacio, que era tan impresionante y más grande que el Taj Mahal, Talia quedó tan impactada que, por un momento, pudo dejar de pensar en Harres y en lo extraño que le resultaba estar separada de él.

Cuando Talia había investigado sobre Zohayd, antes de emprender su viaje hacia allí, había leído que el palacio databa del siglo XVII y que habían tardado décadas en construirlo, con la intervención de miles de artesanos y arquitectos. Pero una cosa era ver las fotos y algo por completo diferente estar ante el palacio, sintiendo cómo la historia de su esplendor impregnaba los muros y estancias que la rodeaban.

Estar allí le hacía más fácil entender quién era Harres. La nobleza, el poder y la distinción que lo caracterizaban se remontaba a sus antepasados de sangre azul, los mismos que habían levantado aquel lugar increíble.

Por eso, a pesar de lo que Harres le había dicho, Talia tenía que hacer lo que estuviera en sus manos para proteger su legado. Incluso aunque no se hubiera enamorado de él y el amor no la cegara, sabía que él había tenido razón cuando había afirmado que su reinado estaba basado en cimientos de paz y prosperidad. Y reconoció que se había dejado llevar por los prejuicios al decir que estarían mejor sin monarquía.

Sin embargo, si jugaba bien sus cartas, ella podía conseguir acabar con el peligro que amenazaba a Harres, a su familia y a su país, pensó.

Justo cuando Talia iba a llamar a su informante y ya se había preparado lo que le iba a decir, el teléfono le sonó en la mano.

Sabiendo que era Harres, apretó el botón de respuesta.

—Tengo noticias, ya *habibati*. Las investigaciones y negociaciones que ha hecho mi familia mientras estábamos en el oasis han dado sus frutos. Tu hermano va a salir de la cárcel. No lo juzgarán de nuevo, pues han retirado los cargos contra él y recibirá una disculpa pública en todos los periódicos internacionales, además de cualquier otra compensación que él demande.

Talia empezó a balbucear, emocionada, dándole las gracias.

–Te ruego que me perdones, *ya nadda jannati* –dijo él–. Hay otra cosa importarte de la que tengo que ocuparme ahora. Te llamaré en cuanto pueda. Hasta entonces, felicidades, *ya mashoogati*.

Talia se quedó mirando el teléfono, conmocionada. Todd iba a ser liberado. Su pesadilla había acabado. Apenas podía creérselo. Iba a recuperar a su hermano. Harres no le había contado que había estado moviendo ficha para conseguir demostrar la inocencia de Todd. Pero lo había hecho y había tenido éxito.

Y Talia sabía que lo había hecho por ella.

Tumbándose en la cama, Talia se acurrucó sobre sí misma, sintiéndose a punto de explotar de tanto amor, tanto alivio y tanta gratitud.

Entonces, se levantó de un saltó, decidida a actuar. Marcó el teléfono de su informante, pero una grabación le respondió que ese número estaba fuera de servicio. Lo intentó de nuevo, para asegurarse de no haber marcado mal. No. Debía de haber sido un número temporal, para que no pudieran localizar a su propietario, caviló.

Sin perder un momento, Talia le envió un correo electrónico, dándole su teléfono.

Momento después de que enviara el mensaje, su móvil sonó de nuevo. Debía de ser Harres con más información, pensó.

Al responder, el aparato estuvo a punto de caérsele de la mano. No era Harres. Era una voz distorsionada que le ponía los pelos de punta. Era su informante.

Talia no había esperado que la contactara tan pronto. Pero eso no fue lo que más la sorprendió, sino lo que la voz dijo.

—Hola, doctora Talia Jasmine Burke.

Ella cerró los ojos. Sus precauciones no habían funcionado. No sabía cómo, pero se había quedado sin tapadera.

—No se preocupe, doctora. Sigo queriendo hacer tratos con usted. Ahora está, incluso, en mejor situación para hacer daño. Harres va a hacer todo lo que pueda para ganarse su simpatía, así que espero que no se deje engatusar y siga teniendo en mente su propósito: la liberación de su hermano.

Talia soltó un grito sofocado y, al otro lado de la línea, la voz distorsionada respondió con una macabra carcajada.

—Sí, lo sé todo. Por eso la busqué a usted. Quería encontrar a alguien que tuviera una causa y quería que fuera una mujer. Me complace que la caída de los Aal Shalaan esté en manos de alguien que quiere vengarse de ellos y quién mejor que una mujer para destruir a todos esos hombres importantes —añadió la voz—. Ahora, le diré quién es el jefe de la conspiración. Yusuf Aal Waaked, príncipe de los emiratos vecinos de Ossaylan.

Talia consiguió recuperar el aliento para hablar.

—¿Pero por qué exponerlo y dejar que los Aal Shalaan sepan quién es su enemigo y dónde buscar las joyas robadas?

–Oh, no hay nada que los Aal Shalaan puedan hacer. Al contrario, al exponerlo me aseguraré de que Yusuf no cambie de idea y siga con el plan hasta el final.

De pronto, hubo un largo silencio. La voz se tornó más lúgubre y aterradora.

–¡Idiota! Piensa utilizar la información para ayudar a Harres, ¿no es así? Ha caído bajo su hechizo. Debería haberlo adivinado, debe usted de estar deseando vender el alma por él. Pero le demostraré que ni Harres ni su familia merecen su ayuda, sino sólo su venganza.

Entonces, colgó.

Talia se quedó allí parada largo rato, mirando al vacío, temblando de agitación.

Al final, se puso en pie. Tenía que llamar a Harres, decirle lo que había pasado. Estaba segura de que él encontraría una solución y podría resolver todo el lío.

Cuando iba a marcar su número, dos hombres enmascarados irrumpieron en la habitación donde estaba Talia por las puertas del balcón. Uno de ellos la apuntó con una pistola para que no gritara.

–No le haremos daño –dijo el hombre armado–, si no hace ningún movimiento en falso. Sólo queremos que nos acompañe. Nuestro jefe quiere mostrarle algo.

Se la llevaron por el balcón y a través de los enormes jardines de palacio.

A continuación, entraron en otra estancia. Estaba vacía. Antes de que ella pudiera decir nada, escuchó la voz de Harres.

El corazón se le llenó de esperanza. Y, luego, de miedo. ¿Qué pasaría si él entraba y sus raptores se asustaban y le disparaban?

Entonces, Talia se dio cuenta de que Harres no se movía. Estaba en una habitación adyacente, hablando con alguien por teléfono.

–¿Cuántas mujeres me has visto tomar y abandonar después? ¿Crees que esta americana significa más para mí que las otras? Las otras, al menos, fueron pasatiempos agradables. Ésta casi me cuesta la vida. ¿Y puedes imaginarte lo incómodo que ha sido tenerla pegada a mí durante tantos días? ¿Sabes lo asqueroso que ha sido conseguir que confiara en mí y que soltara lo que sabía? ¿Te das cuenta de lo furioso que me puse cuando averigüé que apenas sabía nada interesante? Pero tuve que continuar siguiéndola el juego. Sabía que ella retomaría su misión y recabaría el resto de la información.

Harres se quedó callado un momento.

–¿Por qué crees que he liberado a su hermano? Ahora confía en mí con los ojos cerrados y hará lo que sea para conseguirme lo que necesito. Incluso le he dicho que la amo y estaría dispuesto a pedirle que se casara conmigo, si fuera necesario.

Él se quedó en silencio un momento, como si estuviera escuchando a la persona que había al otro lado de la línea.

–Todo el mundo es prescindible, lo único que me importa es proteger mi país –proclamó Harres–. Por eso, si ella no me sirve para eso, ¿crees que me importa que viva o muera?

Capítulo Doce

–¿Has oído bastante, *ya ghabeyah*?

Talia sabía que *ghabeyah* significaba estúpida.

Y ella se sentía mucho más que eso.

Estaba destrozada.

–Eso es lo que tu amado le está diciendo a su rey. Ésa es la cruda realidad. ¿Sigues queriendo correr a él con la información que te he dado? ¿O vas a poner en práctica tu venganza de una vez por todas?

Talia se quedó mirando el teléfono que había sobre la cama. ¿Quién lo había encendido? ¿Cómo había vuelto a su habitación?

Sus captores debían de haberla llevado allí de nuevo y habían puesto el altavoz del móvil. Su jefe seguía hablándole, haciendo que se le revolvieran las entrañas.

Entonces, de pronto, la voz paró. Y el silencio acabó con lo que quedaba de ella.

Talia se quedó paralizada en el borde de la cama, inmovilizada por el dolor. Las palabras de Harres sonaban en su cabeza, despedazándole el cerebro como una taladradora.

Debía de haber una explicación, intentó decirse a sí misma. Sin duda, Harres había estado intentando aplacar a Amjad, su odioso hermano, para que me dejara en paz. O algo así. Debía de haberle resultado muy difícil decir aquellas cosas. Él se lo explicaría. La amaba. No podía ser de otra manera…

–Talia.

Era la voz de Harres.

Ella se sobresaltó y lo vio allí. Mirándola.

Rezó porque él se lo explicara. Si la miraba con amor en los ojos, sabría que todo lo que había oído había sido mentira…

Sin embargo, por primera vez desde que Talia lo conocía, los ojos de él no mostraban ningún sentimiento.

–Siento interrumpirte, pero mi jet privado está listo –señaló él con gesto inexpresivo.

–¿Listo para qué? –susurró ella, preguntándose cómo todavía era capaz de hablar.

–Para llevarte a casa.

Talia levantó la vista hacia él y se puso en pie como impulsada por un resorte, esperando que, si lo miraba más de cerca, podría entenderlo mejor.

Pero no fue así. En sus ojos sólo vio un negro abismo.

Entonces, Talia lo comprendió todo de golpe. El peso de su traición. La había utilizado sin ninguna piedad.

Pero, también, reconoció algo. A pesar de que la había herido más de lo que podía soportar, ella no le haría lo mismo a él. Era lo único con lo que su informante no había contado en su objetivo de destruir a los Aal Shalaan.

Harres la había destruido, por su familia, por su

reino. Sin embargo, ella no arremetería contra la familia real ni contra el país para vengarse de él. No quería venganza. Sólo quería acurrucarse en una esquina y morirse, lejos de aquella tierra donde había perdido su fe y su corazón para siempre.

Sólo una cosa le importaba todavía.

–¿Y Todd?

–Su liberación está en proceso.

Talia creyó adivinar que no mentía. Entonces, le dio la información que él tanto ansiaba.

–El cabecilla de la conspiración es Yusuf Aal Waaked, príncipe de Ossaylan.

Los ojos de Harres brillaron. Pero Talia no entendió lo que escondían. Ni le importaba. Sólo quería alejarse de él. Irse a algún sitio donde poder morir en paz.

–Lo sé –dijo él al fin, con tono inexpresivo.

¿Lo sabía?

Sin duda, él debía de haber espiado su llamada, pensó Talia.

Estaba claro. El jefe de los servicios de espionaje había sabido engañarla y ella se había dejado engatusar. Él la había manipulado como a una marioneta, prohibiéndole que contactara con su informante cuando había sabido que lo haría sin dudar. Y, como golpe de gracia, se había ocupado de liberar a Todd. Era obvio que no le había costado nada conseguirlo. Había sido su forma de asegurarse de que ella haría cualquier cosa por él.

Sin embargo, ya no le era útil, adivinó Talia. Y estaba deseando librarse de ella.

Tenía sentido. Mucho más sentido que la historia de amor que ella había querido creerse.

La dura realidad se abrió paso en su cabeza, rompiéndole el corazón. El recuerdo de los veinte últimos días no la abandonaba, como una burla macabra.

Presa de la agonía y la humillación, Talia tembló y sintió que le faltaba el aire.

—Así que lo sabías. Al menos, te he dado algo a cambio de la liberación de mi hermano. Ahora que tienes lo que buscabas, estoy deseando irme de este maldito lugar cuanto antes —le espetó ella.

Harres la miró sorprendido.

Claro. Debía de haber esperado que ella se echara a sus pies, suplicándole, pensó Talia.

Antes de que Harres pudiera decir nada, Amjad asomó la cabeza por la puerta.

—¿Por qué tardas tanto?

Harres apartó sus atónitos ojos de ella y se volvió hacia su hermano, en silencio. Luego, meneó la cabeza, como intentando digerir las palabras de ella.

Talia le precedió fuera de la habitación.

Amjad estaba apoyado en la pared, delante de la puerta, de brazos cruzados. Cuando ella pasó, la miró con crueldad.

—Saluda a tu hermano de mi parte. Tiene suerte de tener una hermana como tú.

Talia se quedó mirándolo, queriendo pedirle una explicación. Pero no lo hizo.

Ella se giró y precedió a Harres hacía la salida. En la limusina, un pesado silencio se cernió sobre ellos.

Cuando llegaron al aeropuerto, Harres salió primero y le abrió la puerta. La condujo a un flamante Boeing 737 que tenía los motores ya encendidos.

Aunque los movimientos de él eran contenidos, controlados, su cuerpo parecían esconder toda la tensión del mundo.

Cuando Talia iba a subir las escalerillas, él la miró con ojos llenos de agitación.

–¿Por qué me dijiste eso en el palacio?

¿Qué esperaba él que le contestara?, se dijo Talia. Y se encogió de hombros, a punto de salir corriendo.

Harres la agarró para detenerla. Cuando ella vio la confusión y el dolor que tintaba sus hermosos ojos, se paró en seco.

–Todo lo que ha pasado entre nosotros, ¿lo hiciste sólo por tu hermano? ¿Has ido tan lejos sólo para que lo liberara?

¿Cómo podía él sonar tan sincero?, se preguntó Talia, deseando poder creerlo y proclamarle su amor.

Ghabeyad. Como le había dicho su informante, era una estúpida, se dijo a sí misma.

No. No le daría la satisfacción de verla llorar. Lo único que le quedaba por preservar era su orgullo, se dijo Talia.

–No he hecho más que conseguir que probaras la inocencia de un hombre inocente –repuso ella, fingiendo frialdad.

El rostro de Harres se ensombreció y dio un paso atrás, mostrando más dolor del que había mostrado cuando le habían disparado.

—Soy yo quien ha ido demasiado lejos para que un hombre culpable quedara impune.

Talia tardó un instante en comprender.

—Supongo que en tu familia estáis acostumbrados a hacer ese tipo de cosas —le espetó ella y se volvió, dándole la espalda para subir las escaleras al avión.

Harres le obligó a girarse y la miró a los ojos. Su rostro el epítome del dolor.

Con el corazón hecho pedazos, Talia no pudo seguir fingiendo indiferencia.

—¿Qué sucede? —inquirió ella—. ¿Es tu ego lo que te duele? ¿Es que esperas que me ponga de rodillas? ¿O quieres que te pague de nuevo por haber liberado a Todd? ¿En tu avión? Así podrás cumplir otra de tus fantasías, aunque en esta ocasión yo no pondré nada de mi parte.

Durante un segundo eterno, Harres la miró horrorizado. Entonces, sonó su móvil. Él se sobresaltado, como si no entendiera de dónde provenía aquel sonido.

Talia aprovechó el momento para correr escaleras arriba. Se sentó y se abrochó el cinturón. Sólo quería estar sola. Dejar que el dolor acabara con ella.

—¡Talia! ¡Lo has conseguido!

Talia se desplomó contra la puerta de su casa, nada más entrar.

Todd corrió hacia ella con los ojos llenos de lágrimas y la abrazó con fuerza.

—¿Cómo lo has hecho? Mark me dijo que estabas

intentando liberarme, pero no esperaba que lo consiguieras –le dijo su hermano, emocionado por verla.

Talia estuvo a punto de contestarle que le había vendido su alma al diablo para lograrlo.

Sin embargo, ver a Todd libre, a su lado, merecía la pena.

Aunque ella no quería estar en contacto con nadie, ni siquiera con su adorado hermano.

Encogiéndose de hombros, se apartó de él.

–Da igual el modo. Lo importante es que estás fuera.

–¿Cómo puedes decir eso? –repuso su hermano y, de pronto, adivinó algo en el rostro de ella–. Oh, Dios. Has hecho algo terrible, ¿verdad? –preguntó, tomándola de los hombros, temblando–. Sea lo que sea, deshazlo. Prefiero volver a la cárcel y pasarme allí el resto de mis días.

–No te preocupes, Todd. Lo superaré.

Pero Todd empezó a llorar sin poder contenerse.

–Por favor, Talia. Deshazlo. No lo merezco.

–Claro que lo mereces. Eres mi hermano gemelo. Y lo más importante es que eres inocente.

–No lo soy.

Talia había creído que nada más podría volver a sorprenderla. Se quedó mirando a Todd, luchando por comprender sus palabras.

–Yo… cometí esos crímenes. Me metí en las cuentas privadas de la familia real que encontré una vez que Ghada me pidió que le arreglara el ordenador. Ella sólo era una amiga y me inventé que la amaba para que tú quisieras ayudarme. Robé millones de dólares, vendí secretos vitales. Hice mucho más de lo que ellos creen. Pero no quería admitirlo delante de ti. En parte, me avergonzaba y, en parte, quería que me apoyaras, que me ayudaras a salir de esta pesadilla. Temía que, si sabías la verdad, pensarías que me merecía el castigo, pues sé que tienes un alto sentido del honor y la justicia. Pero ya no me importa. Volveré a prisión. Sólo espero que, algún día, puedas perdonarme.

Talia se quedó mirándolo. Aquello era demasiado.

Todo era mentira. Los dos hombres que más había amado en su vida la habían utilizado y manipulado su amor incondicional por ellos.

Ella se apartó de su hermano.

—No vuelvas a meterte en líos —le espetó Talia antes de desparecer en su habitación—. No podré volver a ayudarte. He dado todo lo que tenía.

Y era cierto. Había entregado su alma, su corazón, su fe y sus ganas de vivir.

Al parecer, Talia era más resistente de lo que pensaba. Al amanecer, seguía viva. Y un deseo irresistible la impulsaba. Quería hablar con Harres.

En sus sueños, no había hecho más que revivir el tiempo que habían pasado juntos. Había algo que no encajaba con lo que le había oído decir. Y necesitaba respuestas.

No podía soportar seguir pensando que Harres era un monstruo sin más. Necesitaba saber por qué había dicho esas cosas.

Así que lo llamó. Pero, durante seis horas seguidas, el teléfono de él estuvo apagado.

Loca de frustración, Talia se fue a trabajar. Al menos, podría distraerse…

Pero, cuando iba a entrar en la consulta, sintió… algo.

Se dijo que era una estúpida, que no podía ser.

Sin embargo, corrió dentro y allí estaba.

Harres.

No había sido fruto de su imaginación, reconoció Talia. Era capaz de sentir su presencia. Lo que podía significar que él era el hombre al que había amado, después de todo.

Allí estaba él, apoyado en la mesa de la sala de consultas, con las manos en los bolsillos.

Siempre había tenido un aspecto imponente, pero rodeado por aquel entorno mundano, parecía un dios. El orgullo de su raza y el poder de su sangre real emanaban de él de forma inequívoca.

Harres esperó a que ella entrara y levantó los ojos, como dos soles, hacia ella.

Talia tuvo ganas de correr, de tirarse sobre él encima de la mesa, de arrancarse las ropas y perder la cabeza…

Sin embargo, fueron los ojos de él los que la sacaron de su loca fantasía. En ellos, percibió una mezcla de rabia y dolor.

—Has visto mis llamadas perdidas, ¿no? —dijo Talia y se giró hacia sus colegas, que estaban observándolos a los dos como si se tratara de una serie de televisión. Ella apretó los labios y continuó con sarcasmo—: Debieron de ser una doscientas. Por eso, tal vez, el príncipe Harres ha pensado que cruzar el océano para verme era la única manera de averiguar qué era tan importante.

Sin dejarse amedrentar, Harres dio un paso hacia ella, mirándola con gesto indiferente, y la agarró del brazo.

—Ya veo, doctora T. J. Burke, cómo se alegra de que me haya tragado todas sus mentiras y haya vuelto a por más.

—Nunca te mentí. No sé mentir —repuso ella, y sintió el aguijón del dolor. Entonces, le apretó con fuerza en los antebrazos—. Pero a ti se te da muy bien.

Harres frunció el ceño, como si le sorprendiera su comentario.

—Nunca te he mentido. Pero tú a mí... ¿creías que tenías que seducirme para que ayudara a Todd? Pues no era necesario que fingieras, ni que dijeras que sentías nada por mí, porque yo te habría ayudado de todas formas.

Las palabras de Harres la recorrieron como un bálsamo curativo, borrando sus dudas y su dolor.

Entonces, Talia recordó la confesión de Todd y se le encogió el corazón. Sin duda, Harres había tenido que romper la ley para poder liberar a su hermano.

—Te hablé así el día de mi marcha por despecho.

—¿Por qué? —preguntó él, sin comprender.

—Porque te oí. Te escuché decir que no te importaba si vivía o moría. Debías de estar mintiéndole a otra persona. Por eso te he llamado, para saber a quién y por qué –indicó ella y se apartó de sus brazos, poniéndose en jarras–. ¿Y bien?

Aquello lo explicaba todo, se dijo Harres.

–*Ya Ullah.* Es un milagro que no me mataras entonces –comentó él y rió, disipándose toda su confusión y su agonía–. La razón por la que dije esas cosas, que me pusieron enfermo, por cierto, es que recibí una llamada de alguien que me amenazaba con hacerte daño porque sabía que eras importante para mí. Tuve que decirle que no significabas nada para mí, para que perdieran el interés en lastimarte. Después, en tu habitación, tuve que seguir fingiendo frialdad, pues sé que hay traidores en el palacio y que podían estar espiándonos. Pensaba explicártelo después, pero me sorprendiste con tus palabras de desprecio y desapego. Al principio, no pude creerlo, pero luego empecé a pensar que podían ser ciertas.

–Harres… –musitó ella con una sonrisa de rendición y el corazón todavía encogido–. No sabes cómo siento lo de Todd… Debí haberlo sospechado, pero supongo que soy una tonta en lo que se refiere a él.

–Yo no lo siento. De hecho, estoy en deuda con tu hermano. Gracias a él, te he conocido. Me he encargado de devolverle el dinero con intereses a todas las personas que defraudó y me parece que es un precio pequeño comparado con tenerte.

Talia se acurrucó entre sus brazos.

Harres la sostuvo con fuerza, feliz por haber recuperado su razón para vivir. Y pensar que había creído que la había perdido para siempre... No podía soportar la idea, reconoció para sus adentros, estremeciéndose.

–No he venido porque me hayas llamado, *ya talyeti* –señaló él–. Ya estaba de camino, por eso tenía el móvil apagado. Pero me admira que siguieras intentando encontrarme, a pesar de las horribles cosas de dije de ti, y que me dieras el beneficio de la duda.

Ella lo miró con los ojos llenos de amor.

–¿Cómo no iba a hacerlo, después de todo lo que habíamos compartido? –contestó ella. Entonces, le habló de cómo su informante la había llamado y se las había arreglado para que pudiera escuchar la conversación de Harres. Al instante, cayó en la cuenta de algo–. Mi informante lo tenía todo planeado. Seguro que fue él quien te amenazó con hacerme daño, forzándote a hablar así y forzándome a mí a escucharlo.

–Pero en eso se equivocó –afirmó él y la abrazó con más fuerza, con el corazón lleno de amor–. No contó con tu ética ni con que me amaras tanto como para darme la oportunidad de probar mi inocencia.

–Ni contó con que tú no podrías creer que yo te hubiera usado así ni con que vinieras a verme, dejando atrás tu dolor y tus dudas.

Harres la levantó en sus brazos y le dio vueltas en el aire. La risa de ella lo envolvió como un baño de alivio y felicidad.

–Ahora ya no hay obstáculos entre nosotros –dijo él al fin, dejándola en el suelo–. Tu hermano está libre y estamos a punto de terminar con los autores de la conspiración contra mi familia –señaló y se puso de rodillas ante ella–. Te ofrezco todo mi ser. ¿Quieres tomarme, *ya talyeti*? ¿Quieres casarte conmigo y hacerme el hombre más dichoso?

Talia estuvo a punto de caerse redonda.

–¿N-no se supone que tienes que casarte con una princesa o algo así? –preguntó ella, sin dar crédito, abrumada por tanta felicidad.

–No –contestó él, sonriendo–. Puedo casarme con quien yo quiera. Y yo te quiero a ti.

–Soy tuya desde siempre –afirmó ella, echándose a sus brazos entre sollozos de alegría.

Los presentes comenzaron a aplaudir.

Talia se había olvidado de ellos. Pero no le importaba y se perdió en un apasionado beso con su amor.

–Hay un pequeño almacén vacío al otro lado del pasillo –indicó con tono de broma uno de los médicos que había por allí.

Entonces, Talia le lanzó una mirada cómplice a Harres, lo tomó de la mano y salieron corriendo de la sala.

–¿Y si el jefe pregunta por ti? –le inquirió una de sus compañeras de trabajo cuando salía.

–Dile que tengo que atender una herida de bala.

–Sí –añadió Harres–. Y el paciente está tan agradecido que va a donar mucho dinero a su departamento.

Una vez dentro del almacén, Harres la tomó entre sus brazos, apoyándola contra la pared.

—¿Y tú qué quieres que te done, deliciosa diosa de mi corazón?

—Sólo tu amor. Sólo te quiero a ti —rugió ella, devorando sus labios.

—Me tienes y siempre me tendrás —consiguió articular él, antes de perderse en el frenesí de su pasión.

En el Deseo titulado *La rendición del jeque,* de Olivia Gates, podrás continuar la serie
PASIÓN ENTRE DUNAS

Deseo

La mujer perfecta
DAY LECLAIRE

Lo primero era el matrimonio... y Justice St. John tenía un plan. Usando una ecuación infalible, el brillante científico diseñó un programa para encontrar a la mujer perfecta. Pero después de una noche de pasión inesperada, descubrió que Daisy Marcellus era la mujer más inadecuada, así que volvió a empezar.

Sin embargo, su pasión tuvo consecuencias y cuando Daisy lo localizó, con la pequeña Noelle a cuestas, llenó su mundo frío y metódico de vida, color y caos. Sus negociaciones para el futuro acababan de empezar cuando Daisy descubrió que él aún seguía buscando a la esposa perfecta...

La búsqueda del millonario

¡YA EN TU PUNTO DE VENTA!

Bianca

Su sentido de la lealtad le impedía conquistar a aquella mujer...

Viajar sin pagar en un vagón de primera clase no era como Sophie Greenham esperaba conocer a Kit Fitzroy, acaudalado aristócrata, intrépido héroe del Ejército y hermano de su amigo Jasper. La evidente pasión que surgió entre ellos suponía una auténtica conmoción para Sophie... ¡sobre todo porque estaba a punto de hacerse pasar por la novia de Jasper!

Aunque el valor de Kit era legendario, temía regresar a su magnífica y ancestral mansión. Pero la vitalidad y belleza de Sophie alejaron las sombras de su alma torturada y lo consumieron con un irrefrenable deseo por ella.

Anhelos prohibidos

India Grey

Acepte 2 de nuestras mejores novelas de amor GRATIS

¡Y reciba un regalo sorpresa!

Oferta especial de tiempo limitado

Rellene el cupón y envíelo a
Harlequin Reader Service®
3010 Walden Ave.
P.O. Box 1867
Buffalo, N.Y. 14240-1867

¡Sí! Por favor, envíenme 2 novelas de amor de Harlequin (1 Bianca® y 1 Deseo®) gratis, más el regalo sorpresa. Luego remítanme 4 novelas nuevas todos los meses, las cuales recibiré mucho antes de que aparezcan en librerías, y factúrenme al bajo precio de $3,24 cada una, más $0,25 por envío e impuesto de ventas, si corresponde*. Este es el precio total, y es un ahorro de casi el 20% sobre el precio de portada. ¡Una oferta excelente! Entiendo que el hecho de aceptar estos libros y el regalo no me obliga en forma alguna a la compra de libros adicionales. Y también que puedo devolver cualquier envío y cancelar en cualquier momento. Aún si decido no comprar ningún otro libro de Harlequin, los 2 libros gratis y el regalo sorpresa son míos para siempre.

416 LBN DU7N

Nombre y apellido	(Por favor, letra de molde)

Dirección	Apartamento No.

Ciudad	Estado	Zona postal

Esta oferta se limita a un pedido por hogar y no está disponible para los subscriptores actuales de Deseo® y Bianca®.
*Los términos y precios quedan sujetos a cambios sin aviso previo.
Impuestos de ventas aplican en N.Y.

SPN-03   ©2003 Harlequin Enterprises Limited

Deseo™

Seduciendo a su esposa
ANNA DePALO

La responsable Belinda Went-
worth siempre había sido res-
petuosa con los patrones socia-
les. Salvo cuando se casó con
el enemigo de su familia, Colin
Granville, marqués de Easter-
bridge, en una rápida ceremo-
nia en Las Vegas... que anuló
horas más tarde.

O eso pensaba.

Porque justo cuando estaba a
punto de darle el «Sí, quiero» a
un hombre respetable, Colin
irrumpió en la iglesia con la noticia de que aún seguían casa-
dos. Y pretendía conservar a su
esposa... en cuerpo y alma.

"La novia está casada conmigo"

¡YA EN TU PUNTO DE VENTA!